## 本书编委会

**主　任：**傅克诚（江西省关心下一代工作委员会主任）

**副主任：**王占铭（江西省关心下一代工作委员会常务副主任）

汪玉奇（江西省关心下一代工作委员会常务副主任）

**委　员：**祝荣溢（江西省关心下一代工作委员会办公室主任）

邱少华（江西高校出版社社长）

## 本书编写组

**组　长：**王占铭（江西省关心下一代工作委员会常务副主任）

**副组长：**汪玉奇（江西省关心下一代工作委员会常务副主任）

李江源（中共江西省委宣传部原巡视员、省委讲师团原团长）

**成　员：**（按姓氏笔画排序）

丁仁祥（中国井冈山干部学院特聘研究员）

尹小平（井冈山市文广新局原局长、省作协会员）

陈　安（赣州市中央苏区研究中心主任）

陈　俐（上饶市地方志编纂委员会办公室副主任）

俞文华（上饶市地方志编纂委员会办公室主任）

谢　晨（中共赣州市委党史办编研科科员）

江西省关心下一代工作委员会 编著

# 初心之光

## 江西红色故事精选

CHUXIN ZHI GUANG
JIANGXI HONGSE GUSHI JINGXUAN

江西高校出版社
JIANGXI UNIVERSITIES AND COLLEGES PRESS

**图书在版编目(CIP)数据**

初心之光：江西红色故事精选 / 江西省关心下一代工作委员会编著. —南昌：江西高校出版社，2018.12（2021.9 重印）
ISBN 978-7-5493-8124-1

Ⅰ. ①初… Ⅱ. ①江… Ⅲ. ①革命故事—作品集—中国—当代 Ⅳ.①I247.81

中国版本图书馆 CIP 数据核字（2018）第 268690号

| | |
|---|---|
| 出版发行 | 江西高校出版社 |
| 社　　址 | 江西省南昌市洪都北大道 96 号 |
| 总编室电话 | (0791)88504319 |
| 销售电话 | (0791)88517295 |
| 网　　址 | www.juacp.com |
| 印　　刷 | 江西千叶彩印有限公司 |
| 经　　销 | 全国新华书店 |
| 开　　本 | 700 mm × 1000 mm　1/16 |
| 印　　张 | 15 |
| 字　　数 | 180 千字 |
| 版　　次 | 2018 年 12 月第 1 版 |
| 印　　次 | 2021 年 9 月第 8 次印刷 |
| 书　　号 | ISBN 978-7-5493-8124-1 |
| 定　　价 | 28.00 元 |

赣版权登字-07-2018-1453

# 序

江西是一个富有光荣革命传统的地方。在这片红土圣地上,中国共产党人浴血奋斗,创造了许多彪炳千秋的战斗业绩,铸就了永不褪色的精神丰碑。井冈山精神、苏区精神和方志敏精神就是其中十分宝贵的精神财富。

习近平总书记深刻指出:"井冈山时期留给我们最为宝贵的财富,就是跨越时空的井冈山精神。今天,我们要结合新的时代条件,坚持坚定执着追理想、实事求是闯新路、艰苦奋斗攻难关、依靠群众求胜利,让井冈山精神放射出新的时代光芒。"

"在革命根据地的创建和发展中,在建立红色政权、探索革命道路的实践中,无数革命先辈用鲜血和生命铸就了以坚定信念、求真务实、一心为民、清正廉洁、艰苦奋斗、争创一流、无私奉献等为主要内涵的苏区精神。这一精神既蕴涵了中国共产党人革命精神的共性,又显示了苏区时期的特色和个性, 是中国共产党人政治本色和精神特质的集中体现,是中华民族精神新的升华,也是我们今天正在建设的社会主义核心价值体系的重要来源。"

"我多次读方志敏烈士在狱中写下的《清贫》。那里面表达了老一辈共产党人的爱和憎,回答了什么是真正的穷和富,什么是人生最大的快乐,什么是革命者的伟大信仰,人到底怎样活着才有价值,每次读都受到启示、受到教育、受到鼓舞。"

习近平总书记的重要论述,为我们传承红色基因、培养担当民族复兴大任的时代新人指明了方向。回首中国革命历史中这一段苦难辉煌的岁月,让青少年进一步了解中国共产党走过的路,触摸中国共产党人为民族独立、人民解放流血牺牲的滚烫初心，能使大家认清迈向中华民族伟大复兴的前行道路，找准自己的人生定位，明确自己的历史责任。

习近平总书记指出："十年树木，百年树人。祖国的未来属于下一代。做好关心下一代工作，关系中华民族伟大复兴。"近年来，江西省关心下一代工作委员会高举理想信念的旗帜，致力于加强青少年思想道德建设，做了许多有益的工作。特别是党的十八大以来，全省各级关工委组织和广大"五老"坚持以习近平新时代中国特色社会主义思想为指导，不忘初心，牢记使命，在全省青少年中广泛开展理想信念教育，大力弘扬井冈山精神、苏区精神和方志敏精神，培育青少年高尚的道德情操和良好品质；开展"大手握小手，听党话、跟党走"活动，深化社会主义核心价值观教育，发挥"党史、国史、家乡史"的资政育人作用，不断增进青少年对党、对祖国、对人民、对家乡的热爱，激发他们投身社会主义现代化建设的热情；大力推进"一对一"结对帮扶帮教工作，青少年成长成才环境得以不断优化。通过扎实有效的努力，全省关心下一代工作得到各级党委政府的充分肯定和社会各界的高度认可。

党的十九大确定了到二十一世纪中叶，把我国建成富强民主文明和谐美丽的社会主义现代化强国的"路线图"与"时间表"。实现"两个一百年"奋斗目标、实现中华民族伟大复兴的中国梦，青少年一代既是亲眼见证者，又是亲身参与者；既无上光荣，又责任重大。希望广大青少年能从革命先辈的伟大精神中找准前行的方向，树立崇高的理想信念，珍惜难得的人生际遇，勇于筑梦追梦圆梦，为中华民族伟大复兴奉献自己的力量。

广大青少年朋友们，一起奋斗吧！

傅克誠

（江西省关心下一代工作委员会主任）

# 目录
CONTENTS

初心之光江西红色故事精选

## 井冈山故事

**中央苏区故事**

### 方志敏故事

初心之光 | 江西红色故事精选

CHUXIN ZHI GUANG
JIANGXI HONGSE GUSHI JINGXUAN

# 井 冈 山 故 事

# 第一面军旗的诞生

1927 年 9 月 9 日,震惊全国的湘赣边界秋收起义正式打响。

起义部队打出工农革命军的旗号，这是领导起义的中共中央政治局候补委员毛泽东的主张,他认为:“国民党的旗子已经成军阀的旗子,只有共产党的旗子才是人民的旗子。我们应该高高打出共产党的旗子。”

制作军旗的任务交给了师部参谋何长工和另外两位军官陈树华、杨立三。何长工留过洋,有文化,又是 1922 年入党的老党员。他们根据这次起义部队由工农组成、又叫工农革命军的特点,确定军旗的颜色为

第一面军旗

红色，象征革命；旗子中间为白色五角星，星内镶嵌黑色的镰刀加斧头，代表军队工农联盟的特点；靠旗杆一侧为白色，用楷体字竖写“工农革命军第一军第一师”。

军旗方案确定了，他们连夜赶制军旗。

裁缝出身的班长张令彬买来布匹，县总工会委员长徐光华请来了裁缝及会针线活的妇女。大家挑灯夜战，赶制出了一百面军旗，还有起义部队需要的红色识别带、红色袖套。

第二天，一面鲜艳的军旗迎风飘扬。第一团的全体官兵颈脖上系着红领带，手臂上戴着红袖章，一声令下，打响了秋收起义的第一枪。

亲临此境，毛泽东激情写下了《西江月·秋收起义》：

军叫工农革命，旗号镰刀斧头。
匡庐一带不停留，要向潇湘直进。

地主压迫重重，农民个个同仇。
秋收时节暮云愁，霹雳一声暴动。

打着第一面人民军队的旗帜，部队跟着毛委员上了井冈山。

# 寻路上井冈

1927 年 9 月的一天，毛泽东带领秋收起义的工农革命军踏上了往湘南进军的征途。9 月 26 日，工农革命军攻克莲花县城，在县城接到了江西省委派来的信使——宋任穷，于是迈开了向井冈山进军的第一步。

宋任穷在工农革命军第三团秘书处工作。秋收起义前，毛泽东派他去南昌，向江西省委请示部队的行动。经过几天的寻找和周折，宋任穷巧遇刚从湖南调到江西省委工作的刘士奇。刘士奇带着宋任穷，见到了江西省委书记汪泽楷。汪泽楷交给了他一项极为重要的任务——送一封指示信给毛泽东带领的秋收起义部队。

莲花县城一支枪纪念馆

宋任穷接信后追到莲花找到了部队，把汪泽楷的信交给了毛泽东，并口头传达了汪泽楷的指示：过了宁冈、莲花这一带，还有我们一支小部队和少数枪支。

毛泽东看了汪泽楷所写的药水密信，得知了江西省委的明确指示：工农革命军先到宁冈去落脚。于是他详细了解宁冈的地理位置和那几十支枪的武装的情况，得知那一带就叫“金刚山”，也就是今天的井冈山。那几十条枪的武装，就是农民自卫队武装。井冈山是高山大岭，藏得下千军万马，农民自卫队武装也是可依靠的力量。毛泽东耐心地向大家阐述了转兵井冈山的理由：有江西省委指示信，边界各县又没有国民党的正规驻军，这种情况对工农革命军有利。

于是，在这天晚上的前委会议上，毛泽东做出了一个重要战略决策——向井冈山进军。

就这样，汪泽楷、刘士奇、宋任穷、毛泽东几个人在南昌、莲花唱了一出引兵井冈的大戏。

# 三湾改编铸军魂

1927年9月,毛泽东领导的秋收起义由于敌众我寡,起义失败。毛泽东在湖南浏阳文家市召集会议,决定保存革命的力量,带着700多人的部队开进了三湾村。

从文家市到三湾村的进军中,由于粮食不足,医药奇缺,天天翻山越岭,还要对付国民党军队和地主武装的追击骚扰,一路上,工农革命军饱尝艰辛,饥饿、疲劳、伤病一起袭来。一些人认为失败似乎已成定局,不辞而别;一些革命意志不坚定的共产党员,也在这时背弃了革命;部队中弥漫着一股消沉的情绪。

在这个生死存亡的紧要关头,毛泽东在行军途中搞起了调查研究,今天在这个连,明天又在那个连,把各种问题的症结弄清楚了。

到了三湾村驻扎下来,毛泽东利用休整的时机,对部队进行了改编:将部队由一个师缩编为一个团;要回家的人发路费,愿意继续革命和吃苦的留下来;安置好多余的军官和伤病员,稳定军心;实行支部建在连上和士兵委员会建在连上,奠定了党指挥枪和军队民主政治的基础。经过改编,部队的面貌焕然一新。

枫树坪位于三湾村的村头,这里是一个平坦而又开阔的地方。700多个官兵集合在枫树坪,听取毛委员的讲话。他说:"贺龙同志两把菜刀起家,现在当军长,带了一军人。我们现在不只有两把菜刀,我们有两营人,你们都是暴动出来的,一个可以挡敌人十个,十个可以挡他一百,没

枫树坪

有挫折失败,就不会有成功……”

队伍解散以后,一群一群的官兵聚在一起议论着:“毛先生他都不怕,我们还怕什么?”“贺龙同志两把菜刀能够起家,我们几百人还不能起家吗?”

大家纷纷表示:“跟着毛委员打天下,坚决革命到底!”

从此,一支新型的工农革命武装,就从这个小山村,走向了中国革命的大舞台。

# 澡堂信息定大计

1927 年 10 月初的一天，秋收起义余部从三湾向井冈山进军的路上，前委书记毛泽东和张子清边走边商量，决定派何长工外出，去找党组织和南昌起义的部队。

在广州，何长工得到了朱德部队在韶关范石生防区活动的消息。为慎重起见，他先在犁铺头滞留一天，但没有打听到朱德和南昌起义部队的消息。

第二天，他到韶关的一个澡堂洗澡，正好范石生部的一些军官也在那里洗澡、聊天。一个军官说："那个王楷，原来叫朱玉阶（朱德，字玉阶），跟我们军长是同学。"另一个说："同学归同学，朱部暴徒很多，我们还是要注意防范才是。"

听到他们的议论，何长工心里不知有多高兴——那个军官提到的"朱玉阶"，就是他要寻找的朱德。何长工快速地洗完澡，便赶回住处，打点行装上路了。

何长工化装成一个华侨，来到了朱德的防区，朱德看着何长工穿着西装大衣，不像是毛委员那里派来的革命军人，有点不放心，就像测验似的询问起毛委员的部队和井冈山的情况。何长工一一回答。朱德听了十分高兴，接着和他一起就井冈山一带能否屯兵、打仗等问题认真地研究起来。

朱德详细了解了井冈山地区的地形、群众、物产等情况后，十分满

会师广场

意，怀着羡慕和赞赏之情说:“我们跑来跑去就是要找一个落脚的地方。”

听到这里,何长工的心里放下了一块大石头,毛委员交给他的任务终于完成了。

南昌起义的部队在朱德的带领下,不但没有垮,而且开始了更积极的武装斗争。半年多后,毛泽东和朱德领导的两支革命武装终于实现了井冈山会师,汇聚成更大的革命洪流。

# 排 头 兵

1927年10月中旬,敌人有两个团的兵力分两路从茶陵开来,向工农革命军进攻。毛泽东当机立断,由党代表宛希先率领两个连,往安仁、茶陵游击,打破敌人的进攻计划;毛泽东亲自率三营、一营一连和团部特务连沿湘赣边界游击,以扩大政治影响,解决经济给养问题,并与湘南各县的农军取得联系。

10月22日,为解决部队的冬衣和给养问题,毛泽东率领工农革命军南进到遂川大汾。遂川县反动地主武装头目、人称"肖屠夫"的肖家璧

遂川大汾

就派人威胁工农革命军,扬言不准革命军驻扎,如果不走,就要拔刀相见。

23 日一早,肖家璧果然带着三四百名靖卫团丁,向部队突然袭击。由于部队连日远征,疲劳不堪,被肖家璧打得七零八乱。在战斗中,担任前卫的工农革命军第三营与团部失去联系。

与三营失去联系后,毛泽东率团部、一营一连、特务连到达黄坳,在此集合失散人员,并担负掩护部队集结的任务。这时,毛泽东身边只剩下 30 多人。到该吃午饭的时候了,可炊事员的担子丢了,无法烧饭。怎么办呢? 肚子饿了,只好到老百姓家里找一点剩饭、泡菜和辣椒。

饭后,大家仍然打不起精神来。这时,毛泽东站起来,朝中间空地迈了几步,双足并拢,身体笔挺,精神抖擞地对大家说:“现在来站队,我站第一名,请曾连长喊口令! ”

大家看到毛委员当了排头兵,他那坚强、镇定的精神,有力地感染了战士们,大家一个个都振作起来,迅速提枪站好队,向着毛委员高大的身躯看齐。

不久,一营也赶到了黄坳。重新聚集的部队,在毛泽东这个“排头兵”带领下,精神抖擞地向井冈山茨坪进发。

# 雷打石上定军纪

就在毛泽东带领秋收起义部队准备上井冈山的前三天，1927 年 10 月 24 日，毛泽东在遂川县一个叫荆竹山的小山村里召集部队讲了话。

毛泽东说："我们就要上井冈山了，大家一定要和山上的群众搞好关系，没有群众的支持，根据地是建不起来的，革命也不可能取得成功。为了和群众搞好关系，我给大家宣布三项纪律。"

毛泽东掰着手指说："这三项纪律是：第一，行动听指挥；第二，不拿农民一个红薯；第三，打土豪筹款子要归公。"

毛泽东为什么要把"不拿农民一个红薯"当作部队必须遵守的一项纪律呢？原来，就在头一天，发生了这么一件事。

部队在遂川大汾遭到地主武装肖家璧靖卫团的袭击后，部队被打散了。战士们既疲劳又饥渴，好不容易看见了一块红薯地，大家一拥而上，连泥带藤拔出红薯，随手揩一揩泥巴，就塞进嘴里吃了起来。

毛泽东看到这一情景，很生气，对大家说："我们是工农革命军，不是军阀的队伍，怎么能随意侵犯群众的利益呢？像现在这个样子，我们和旧军队有什么区别？"

听到毛泽东的批评，大家都羞愧地低下了头。毛泽东又耐心地说："几个红薯值不了几个钱，看起来是件小事，但体现了一支队伍的作风和纪律。过去旧军队已经让群众伤透了心，我们只有做到对群众秋毫无犯，才能得到群众的支持啊！"

雷打石

最后战士们拿出6吊钱，用纸包好，又用一块布裹了一层，埋在红薯地边上。

由这件事，毛泽东想到，一定要制定几项具体的纪律让大家共同遵守，让大家“有法可依”。于是，工农革命军最早的“三项纪律”就在偏僻的荆竹山应运而生了。

不久后，根据部队遇到的实际情况，毛泽东又对工农革命军宣布了“六项注意”：一、还门板，二、还铺草，三、说话和气，四、买卖公平，五、借东西要还，六、损坏东西要赔。

1928年初，工农革命军攻占遂川县城后，毛泽东到乡下进行调查，有些老乡反映说：“有两件小事如果能改进一下就更好了。工农革命军借了我们的门板去搭铺睡觉，后来还是还了，但是有时候还的不是我原来的那一块，上不回去了，我得自己挨家挨户去找……”

另一位老乡也大胆地说:“我家一大堆稻草借给工农革命军摊铺,用过后也都还了,可还回来的全是散的,弄得我家和牛栏一样。”

毛泽东听了,说:“放心吧,老表,我们马上就改。”

1928 年 1 月 25 日,毛泽东在遂川李家坪主持召开军民大会。会上,毛泽东给工农革命军解释了“六项注意”,并把“还门板”改为“上门板”,把“还铺草”改为“捆铺草”。一字之改,体现了工农革命军是全心全意为人民服务的,是和其他反动军队有着本质区别的。

# 送　枪

袁文才

王佐

袁文才和王佐是宁冈、遂川地方绿林武装的首领，他们接受了宁冈县共产党组织的领导，把队伍改编为农民自卫军，袁文才还参加了共产党。

当得知袁文才表示愿意与工农革命军合作时，他身边的两个人却劝说袁文才提防毛泽东："人家有上千条枪，你才几十条枪，毛泽东早晚要把你吞掉！"直到会面的那一天早晨，袁文才还怕毛泽东会缴他的枪，便作了能进能退的布置：一方面办了一桌酒席，等着毛泽东到来；另一方面，又在大仓村的林家祠堂里埋伏几十个兄弟，以便应付意外，他自己则带了6个人在村边横江桥上站着等候。

在林凤祥家的吊楼上，毛泽东同袁文才等人进行了谈话，详细讲了蒋介石叛变革命后的政治局势和革命的前途；接着又从大革命失败的惨痛教训，说明掌握枪杆子的重要性。他关切地问袁文才:“你们现在有多少枪?”袁文才回答说:“有60条。”毛泽东说:“那太少了。先给你们100条长枪吧,明天到砻市去取。”

袁文才激动地说:“毛委员,我袁文才没有话说,军队吃的粮食、油料,伤病员的料理,都包在我身上。”送走了毛委员之后,袁文才立即动手筹办了1000元银洋,后又筹措粮草和安置伤病员,并且动员群众到砻市去背枪,结果背回了一百零四条枪。

不久毛委员上了茨坪,又送给王佐70条枪,得到了王佐的充分信任和许多帮助。

这样,毛委员用送枪的智慧,化解了袁、王武装的戒备之心。紧紧关着的井冈山的大门,向工农革命军彻底敞开了。

# 一根灯芯的光芒

“天上的北斗星最明亮，茅坪河的水啊闪银光，井冈山的人哎，抬头望哎，八角楼的灯光哎照四方。我们的毛委员在灯下写文章，革命风雷笔下起，五洲四海红旗扬……”这是那首耳熟能详的歌曲《八角楼的灯光》。

自 1927 年 10 月 7 日，毛泽东引兵井冈山后，在茅坪八角楼上办公和居住的时间最长。其间，为了厉行节约，毛泽东向全军宣布了一个关于使用油灯的规定：团、营、连部晚上办公时用一盏灯，可点三根灯芯，办完公要熄掉。连部留一盏灯带班、查哨用，只准点一根灯芯。

油灯

按规定，毛泽东是党和军队的领导人，可以使用三根灯芯。但自从宣布规定那天起，每当夜幕降临，八角楼上便经常只亮着一盏燃着一根灯芯的油灯，毛泽东就在这盏如豆的油灯下工作至深夜。

这天夜里，因为下了入冬以来的第一场雪，天气显得格外寒冷。住在楼下的警卫员担心毛委员受冻着凉，设法搞到了一个火笼，想送给毛委员御寒。谁知毛泽东却拒绝了他："小鬼啊，你看我身上都披着线毯了，不会冷的。你把火笼送给感冒了的同志吧。"见警卫员站着不动，毛泽东只好接过火笼，自己来到了前委秘书们的住处，将火笼送了过去。见毛泽东下楼去了，警卫员只好磨蹭着往回走。看到毛泽东房间实在太暗了，就情不自禁地往油灯里多拨了一根灯芯。

毛泽东回到房间后，见灯变得亮多了，皱了一下眉，把添加的一根灯芯拨开，继续在昏暗的油灯下奋笔疾书。

寒夜中的毛泽东虽然在八角楼上彻夜未眠，但始终保持着旺盛的精神。他披着一床薄毯，点着一根灯芯。这灯芯照亮了八角楼上的每一个夜晚，照亮了井冈山根据地和中国革命的前程。

# 红军八角帽

1927年10月，工农革命军在井冈山茅坪安家后，由于战争条件十分艰苦，红军没有条件穿着统一的军装，部队里穿什么衣服的都有。部分官兵穿的是摘掉领章帽徽的原国民党军服，也有一小部分官兵在缴获了一批布匹后，制作了自己的服装，帽子采用了列宁帽，就是电影《列宁在十月》中戴的那种大八角帽。

在茅坪步云山练兵时，毛泽东看到出操或集合的新兵着装乱七八糟，列队很不整齐，就把副师长余贲民找来说："新兵的着装太乱了，现在已经有条件制作统一服装了，你去办个被服厂，找几个好裁缝，负责给战士设计一套军服吧。"

余贲民领命后，于11月下旬在桃寮开办了被服厂，并从民间招聘裁缝。萧云开就这样来到桃寮被服厂，为红军做衣服。萧云开出生于1895年，井冈山龙市镇上江边村人。少年时读过3年私塾，15岁跟裁缝师傅学徒，满师后在四乡行艺。萧云开与几个工人经过多次实验，用茶籽壳灰加上赤楠树根和其他材料制成染料，将白布染成灰蓝色的"红军布"，用于制作军衣。

萧云开的裁缝手艺非常好，一天能缝两套军衣，而且质量上乘。他参照苏联红军的军装，衣服采用套头紧口，还在领子上封上两只红领章，开始找学员试穿，穿后觉得紧口套头不方便，也不适合我国南方气候，于是就改成开襟敞口。毛泽东看后非常满意，决定照此样子给全体学员做一套。

同年 12 月中旬的一天，余贲民副师长把一项任务交给萧云开:为红军设计、缝制军帽,但这种军帽一定要与国民党军的帽子不相同,具有红军特色。萧云开用了几天时间,反复设计军帽的式样。开始他用六片缝制,帽顶为圆式,为的是与国民党士兵的帽子有所区别,但做出来的帽角太大,不合适中国人的脸型。萧云开苦苦思索,受到祠堂藻井都是八角形状的启发,用八片布缝出褶缝,帽顶为半圆半方、角与角之间凹下去,缝成一顶式样新颖的军帽。余贲民看了后非常满意,送给毛泽东看,毛泽东也感到满意,立即指示照这种式样投入生产,指定萧云开为裁剪师。

从此,井冈山的红军有了自己的军帽。官兵们戴上这种八角帽,被衬托出一种威武而庄重的英姿。

桃寮红军被服厂

# 让工农兵自己当家做主

1927年11月,工农革命军二打茶陵占领了县城,随即决定建立一个新生的革命政权,起名为人民委员会。但是当时的团长陈皓却擅自做主,让当过旧政府县长的谭梓生出任新县长,每天照旧政府那样升堂审案,纳税完粮,把新生的革命政权办成了旧衙门。茶陵群众对此大为失望。

毛泽东从党代表宛希先的来信中获悉这一情况后,立即回信明确指出:"由部队派县长是不对的,新成立的政府绝不能按国民党那一套搞。要成立工农兵政府,要做群众工作,发动群众打土豪筹款子,要保护商店,保护邮局、学校、医院……"

街头巷尾贴满了革命标语。农协会员、赤卫队员、儿童团员将土豪劣绅的财物分给贫苦百姓,劳苦群众沉浸在胜利的喜悦之中。

11月27日,茶陵县总工会、县农民协会和士兵委员会分别选出谭震林等为各自的代表,组织工农兵代表会议。谭震林被推为茶陵县工农兵政府主席。

茶陵县工农兵政府的大红牌子挂出来了,大门两边还贴着一副对联"工农兵政府,苏维埃精神"。工农兵政府设立了民政、财经、青工、妇女等部门,任命知识分子分别担任民政、财经、青工、妇女等部门的领导职务,并要求自即日起就职履新,着手管理工农兵政府事务。在工农革命军的帮助下,茶陵县还建立了县游击队,得到了毛泽东送来的5支枪;

成立了一支纠察队，负责联络和维护县城秩序。

谭震林与各方商定后，派出了多个政府工作人员，深入乡村，帮助群众恢复农民协会，建立区、乡工农兵政府，宣传、发动群众清算土豪劣绅的罪恶，“打土豪，筹款子”，同时将浮财分给群众，整个茶陵出现了比大革命时更为高涨的革命热潮。

茶陵县城城门

# 书院走出“武状元”

1927 年 11 月中旬的一天，在通往龙江书院的小路上，走着许多扛被包背行装的人。其中有穿着灰布军衣，打着绑腿的军人；有头裹手巾、脚登草鞋的老表；也有穿着对襟粗布衣衫的地方干部。他们互相谈笑着，风尘仆仆地从边界各县汇集到龙江书院，他们就是教导队的学员。

一会儿，毛委员和教导队队长吕赤一起走进厅堂来。学员看到毛委员，马上拍起巴掌。

毛委员走到桌子跟前，说：“同志们，教导队开学了，这是件值得祝贺的事情。你们是教导队的第一批学员，你们将要在这里学习马列主义

龙江书院图

的伟大真理，学习阶级斗争、土地革命、政权建设等主要课程，还要学习军事的基本知识。时间短，任务很重大。你们必须下一番苦功夫，把它们学好，把它们弄通，回去更好地为党工作，为工农阶级服务……”

学员们认真地聆听着毛委员讲的每一个字，个个心里都充满了坚决完成学习任务的信心。

由于敌人的经济封锁，笔墨纸张比较缺乏，给学习带来了一定困难。有一个学员提出用柳枝烧成炭可以写字，并把这个想法告诉毛委员。毛委员非常高兴，立即发动大家烧柳条枝，并说：“只要大家树立了艰苦奋斗、自力更生的思想，拧成一股绳，个个出主意，什么困难也难不倒我们的！”

学员们听了毛委员的话，更充满了克服困难的信心，学习劲头也鼓得更足了。只要一下课，学员们就三三两两在一起，有的用柴棍在沙滩上写字；有的用柳枝在板子上画画；有的互相对课堂笔记；有的大声把生字读了一遍又一遍。

# 打 草 鞋

1927 年冬天，毛泽东住在步云山白云寺的时候，一有空闲，就叫住在洋桥湖村的谢慈俚教他打草鞋。谢慈俚拿出工具和稻草，他一边打，一边讲。毛泽东坐在一旁仔细地听，仔细地看。

不一会儿，一只草鞋就打好了。毛泽东拿起地上的稻草，对谢慈俚说："让我来试试看。"说着接过谢慈俚递上的工具。他学着谢慈俚的样子，细细琢磨着他讲的每一个要领，有时还问上几句。不知不觉，一只草鞋打成了。

步云山白云寺

一天清晨,厅堂来了一群工农革命军的战士,拿着一双新打的草鞋在议论,有的说这草鞋打得真好,有的称赞谢慈俚的手艺真高。这时,谢慈俚生怕他们会吵醒工作了一夜的毛委员，就压低嗓门对大家说:“这不是我的手艺,是毛委员昨天夜里打的。”

面对重重困难,毛泽东向红军指战员发出号召:“没有粮,我们自己种;没有菜,我们自己栽;没有布,我们自己织;没有鞋,我们自己动手编草鞋！”

部队的干部和战士们当天就行动起来,学习打草鞋。

久而久之,战士们打草鞋的技术不断提高。后来也不用打草鞋的专门工具，只要在木头上钉两个钉子或在树上找个树杈挂在上面,就可以打草鞋了。井冈山斗争时期,红军就用这种方法解决了大家的穿鞋问题。

# 毛泽覃教穷人算账

毛泽覃

1927年11月,毛泽覃受朱德、陈毅的委派,来到井冈山与毛泽东取得联系,后来就一直在毛泽东的直接领导下工作。

毛泽覃深入群众,白天和群众一起下田劳动,晚上到群众家里串门聊天,详细了解阶级状况和贫苦农民受剥削压迫的情况,还在乔林乡中心地带的谢家祠重新办起了夜校。一天晚上,他给夜校二十来个贫苦农民上课时,讲了一个故事:

有个16岁的小长工,从小靠给土豪放鸭子为生。一次黄鼠狼偷吃了一只小鸭子,他不仅挨了一顿打,还因为丢了一只大鸭子记上了账。到了冬天,土豪假惺惺地拿了两件女人穿的旧衫裤给小长工穿,事后却按新衫裤记上了账,小长工平日吃的馊饭剩菜,也全部记上了账。有时,小长工病了,咬紧牙关去给土豪放鸭子,可是,狠心的土豪却记上因病缺工多少天。到年终结账时,土豪把黑账一亮,硬说小长工不仅得不到分文工钱,而且还倒欠了他的钱。小长工气得直流眼泪,土豪却在一旁假惺惺地说:“你哭什么?舍不得离开我吗?明年再来吧!”

毛泽覃讲的是本乡本土的事,大家一听,就立刻知道这是土豪陈云开干的。接着,毛泽覃饱含深情地说:“听了这样的事,你们心里火不火?我是火得很!有了这股火气,我们就有志气、有胆量打倒这些土豪劣绅!人生在世要衣食住行,这四件事我们穷人一件好处都摊不到。你们说,要不要革命?”

听课的人都有一本苦情账,他们越听越难受,越想越气愤。毛泽覃因势利导告诉大家:我们要学会算革命的大账,我们穷人之所以穷,是因为受了土豪劣绅的剥削和压迫。穷人要想不受剥削和压迫,就只有跟土豪劣绅斗,把他们打倒。这就是革命的大账。

毛泽覃教穷人算账的革命道理,句句说到了贫苦农民的心坎上。穷苦百姓发动起来了,决定先打陈云开这个土豪,把他从穷苦百姓那里搜刮来的大量积谷和茶油一齐分掉,把金银细软全部没收归公,将耕牛分配给贫苦农民。自此,革命烈火就在这个小山村熊熊燃烧起来了。

# 从打手心到罚站岗

工农革命军进行“三湾改编”时，实行了“士兵委员会建在连上”新举措，实现了官兵平等。在士兵委员会里，士兵们有了话语权和监督权，从管伙食这个简单的经济民主开始，又逐渐向参与连队事务管理、实行政治民主、军事民主发展。

有一个徐彦刚赌钱违纪被罚站岗的故事。

三十二团二营一连连长徐彦刚和几个军官赌钱，被连士兵委员会委员左盘生发现了，他向连士兵委员会主任吴光照反映。吴光照却碍于连长的权威不敢处理。左盘生觉得不公平，就直接批评了徐连长。谁知徐彦刚不服气，在与左盘生争论过程中还要打他。于是，左盘生就直接向红四军士兵委员会主任陈毅反映。陈毅支持左盘生，说他做得对做得好。接着，陈毅又找到徐彦刚进行批评教育。

这时，有些士兵提出，要对徐彦刚进行打手心的处罚。毛委员得知后就引导大家说：“我们不准长官打士兵，那么处罚长官时打手心对不对、好不好呢？”

大家说“也不对、也不好”。

这时陈毅建议，正值边界党的一大召开之际，就罚徐彦刚站岗三天，让其他军官引以为戒。这样一来，既严肃了纪律，也让大家受到了教育。

士兵委员会还对严重违纪者实行军法处置。

一次，陈毅接到一个举报，二十八团事务长古某在宁冈葛田水东村一葛姓农民家里买了一头猪却不付钱，还将钱贪污归己。毛泽东、朱德交代彻查此事。陈毅经过明察暗访，证实确有此事。经士兵委员会讨论决定，对古某以军法处置枪毙。朱德军长亲自下令，处决了这一违纪者。

从古到今都是官管兵，而井冈山斗争时期，红军却做到了兵管官，官兵平等，军民平等，这是中国共产党领导的人民军队和其他旧军队的根本区别。

湘赣边界党的“一大”旧址

# “挑夫”当将军

1927 年 12 月,部队撤出茶陵的前两天,白腊村一个叫龙开富的青年,找到宛希先说要加入红军。宛希先认得这个曾经是乡农民协会委员的小伙子,同意他留下来。

龙开富随着部队上到井冈山,宛希先将他带到八角楼毛泽东那儿,说:“毛委员,我从茶陵给你带了个人来,放到你身边吧。”

“希先,你打的是么子哑谜呀?”毛泽东问宛希先。

“我这是替你着想——前委有不少的文件材料,你又爱看书,总得有人挑着走嘛。让小伙子给你挑书报文件吧。”

“噢,难为你想得周到,也好,省得这些文件材料没个收捡。小伙子叫什么名字呀?”

毛泽东待龙开富红着脸报了名字,说道:“这名字顶好。是龙,当然开得富贵。不过现在却要委屈你挑挑书报文件,那可不是金银财宝啰。”

就这样,龙开富成了前委机关的挑夫——专门给前委书记毛泽东挑角箩。角箩里装的是文件材料和书籍。虽说担子不重,但部队一有行动就得挑着走。看到战士们拿枪打仗,自己只是挑箩担,连一杆枪也没有,龙开富感到提不起劲,就找宛希先说要到连队去干。

宛党代表问他:“你知道吗?你干的是什么工作?”

“不就是挑一副箩担吗?这算什么工作。”

“哎呀,开富同志,你担任的是前委的收发保管,这工作还不重要

箩担

吗？前委的所有机要文件、重要材料，都保管在你的箩担里，你的责任很重大嘛。只有党组织信得过的人，才具备这样的资格！”宛希先接着又说：“你是前委机关的工作人员，和谭政他们是一样的，别人都羡慕你，你还嫌不足，真是的。”

宛希先半是批评半是开导的这番话，使龙开富豁然明白了许多，他问道：“谭政他们是前委秘书，我叫什么呢？”

“叫收发员，这是党的重要工作！”宛希先大声地说。

思想认识清楚了，龙开富焕发出极大的工作热情。他深知这副担子的重要，所以无论情况多么危急，急行军多少路，他始终与这两个角箩形影不离。有一次，龙开富根据毛泽东的指示随三十一团一营前往茶陵高垅收集报纸。中途，部队奉命折往江西的永新，长途奔袭赣敌，留下他一个人挑着六七十斤重的书报。他冒雨步行 100 多里山路，一直走了 3 天，才回到茅坪，没有淋湿、丢掉一份资料。

毛泽东也关心着这位一字不识的年轻人学习文化，经常抽时间教他认字。龙开富回忆说:“毛委员耐心地一个字一个字教我。那时候纸张很缺乏,他把抽完香烟的纸盒收起来,拆开裁成扑克大小的四方块,上面写了生字,教我认熟了再写。”

1928 年 5 月以后,龙开富保管的文件材料越来越多了。他把文件用线装订起来,外面包上油纸,防备行军途中被雨水淋湿。有好几次碰上夏天下雨,龙开富情愿脱下衣服盖在箩担上,光着身子挑担。看到龙开富热爱文件收发工作,谭政介绍他于 1928 年在茅坪加入了中国共产党。1955 年,龙开富被授予少将军衔。

# “马夫”当书记

工农革命军初上井冈山之际,马匹很少,只有毛委员和前委委员余贲民两个人有马。余贲民是工农革命军后方留守处主任,统管军中的后勤。他见部队没有专门的马夫，便从宁冈大陇带回一个叫谢今古的青年,让他给毛委员养马、牵马。

毛委员骑的是一匹身架不大的瘦黄马,性情较为温驯,谢今古一骑就骑上去了。这匹马原来没有马厩,只在八角楼院内有个拴马桩。谢今古在旁边的树下用竹子、木板搭了棚子作为马厩,早晚都牵着马到茅坪河边吃草。俗话说:“马无夜草不肥。”谢今古还割回嫩草,夜里喂给马吃。瘦黄马很快地长膘了,毛泽东骑上它感觉到马的脚力大不一样,也就愿意骑了。

谢今古身架单薄,形象有点“邋遢”,经常流鼻涕,身上长着虱子。由于部队还没有发服装,谢今古的衣着也较为破旧,缺少红军战士应有的俊武。因为谢今古经常在毛泽东身边,前委书记有一次对他说:“今古,擦干净鼻涕,去找余老(余贲民 1887 年出生,为红军中的长者)要一身衣服来。”

谢今古来到 20 多里外的桃寮红军被服厂,找余贲民批了套灰布军装,一穿上就不大一样。毛泽东见了他笑着说:“真是人要衣装,马要鞍装,今古精神多了。”

工农革命军没有正规的薪饷,平时只发零用钱。谢今古到茅坪没过

20天,碰上发零用钱。团部司务长问余贲民:“余老,谢今古发多少?”余贲民回答说:“这还用问?毛委员发多少,他也发多少。”司务长一听明白了,官兵平等,待遇相同,这是红军的规矩。

谢今古领到同红军官兵一样多的零用钱的事,在战士们当中传开了,大家对红军有福同享、有难同当的做法更加信服。毛泽东在《井冈山的斗争》一文中写道:“从军长到伙夫,除粮食外一律吃五分钱伙食。发零用钱,两角即一律两角,四角即一律四角。因此士兵不怨恨什么人。”

红四军到了赣南闽西后,1929年10月,谢今古加入了中国共产党,离开了给毛泽东养马的岗位,调到红四军第一纵队三十一团任班长、排长。1931年起,他先后任红十二军第一纵队党支部书记、第三十四师党支部书记、红一军团政治部科长等职,并改名为黄达。

新中国成立后,黄达任东北人民政府贸易部副部长,后为辽宁省副省长、中共辽宁省委书记处候补书记。

红军被服厂旧址

# 送 鸡 蛋

一天下午,毛委员从湘边界工农兵政府到茅坪后,正在堂屋擦汗,听到门外有人喊“毛委员”。他放下汗巾,走出门一看,是牛亚陂村里的萧婆婆,就走上去,搀她走进门,请她坐下。

萧婆婆笑盈盈地说:“勿坐勿坐,你忙哩。”顺手把提来的一篮鸡蛋放在方台上,说:“毛委员,山沟里没什么吃的,你一天到晚为百姓操劳,大家心里都过意不去,叫我送来几个鸡蛋,给你补补身体。”

“谢谢阿婆。你老人家岁数大,还是留着自己吃吧。”毛委员说着,提起篮子,送回到萧婆婆手里。

萧婆婆见毛委员三推四让,不肯收下,就把篮子往台上一放,转身走出去。

毛委员从衣袋里掏出一些钱,让警卫员给萧婆婆送去,自己则提起那篮鸡蛋,顺着清清的茅坪河,往茅坪红军医院走去。

红军医院设在攀龙书院里。毛委员走进一间病室,高兴地提高篮子,对伤员们说:“同志们,伤好些了吗?看,萧婆婆让我给你们送鸡蛋来了!”

毛委员进门时,红军战士李解海正捧识字本在念。他一听到毛委员的声音,放下书,光着脚就跳下地,倒了一碗茶,双手送到毛委员面前,笑嘻嘻地说:“毛委员,萧婆婆已经给我们送来了一篮鸡蛋,这篮鸡蛋准定是她送给你吃的。”

红军医院旧址

毛委员见桌子上果然有一篮鸡蛋，就把自己提来的和它并排放在一起，然后接过茶碗，说："多吃点鸡蛋，早点养好伤，快点出院去，这很好嘛。"

有一个同志看着毛委员消瘦的脸庞，激动地说："毛委员，你只知道关心我们，自己也要多保重身体啊！要你操心的事实在太多了呀，这篮鸡蛋你应该留着吃。"

"对，对！"

"小李，把那一篮鸡蛋也给毛委员。"

小李把两篮鸡蛋提到毛委员跟前，恳求道："这是大家的心愿呐！你吃了它，精神更旺，好领导我们快点消灭敌军。"

毛委员接过篮子，并排放回桌子上，拍拍小李的肩膀，笑着说："小伙子，依你说，不吃鸡蛋就领导不好打仗啦？"

小李窘住了，急得脸红耳赤，两只手一个劲儿又摇又摆："不，不。"

毛委员"哈哈"笑起来。

毛委员逐个病室走了一趟，到每个伤员床前仔细地询问了他们的伤情，直到天快黑时才离开医院。

毛委员走后，伤员们望着并排放在桌子上的两篮鸡蛋，都说还是应该送给毛委员。正在这时，好多用竹椅子和轿子从前线抬下来的新伤员被送到了红军医院门口，小李就指着两篮鸡蛋对大家讲："我知道毛委员不会要的。我看送给新来的伤员吃，好不好？"

"好！"满屋的同志一齐回答。

于是，小李提起篮子，往外边走边喊："同志们，这是毛委员送给你们的鸡蛋！"

# 雪天送棉衣

井冈山的冬天,是一年四季中最难挨的季节。时常雨伴着雪,雪夹着雨,让原本就刺骨寒冷的地方更加潮湿阴冷。

清晨的洋桥湖街上几乎见不着行人, 寒风卷着雪子拍在毛泽东清瘦的脸庞上。这样的天气应该上老表家里转转,看看他们有没有什么需要解决的困难,他边走边想。

不远处传来劈柴声,毛泽东顺着声音寻过去,只见风雪中一个模糊的身影正吃力地劈着柴。他走近一看,原来是农民谢槐福。风雪将谢槐福的两件单衣打湿了,只见他紧咬着牙关,嘴唇冻得乌青发紫,青筋毕露的双手用力掰着柴火。

毛泽东忙从他手中接过斧子,帮他劈了起来。谢槐福慌忙说:“毛委员,可不能让你来做这种粗活,你的手是拿笔杆子的哟。”毛泽东笑笑说道:“我们共产党,不管是拿笔杆子的,还是背枪杆子的,都是柴杆子出生,就应该互相帮帮。”看着站在一旁瑟瑟发抖的谢槐福,毛泽东直起身来, 边脱棉衣边说:“劈柴穿着棉衣活动不开, 老谢, 你把我的棉衣穿上。”

“这可不敢,这可不敢,毛委员,天气这么冷,你快穿上,莫要冻坏了身子。”毛泽东强行将棉衣穿在谢槐福身上说:“放心吧,我年轻不怕冷,这件棉衣就送给你了。”毛泽东的坚持,让谢槐福不知所措,却又无法拒绝。

待毛泽东离开后，谢槐福回到屋里，坐在床沿上，抚摸着身上的棉衣。几个冬天都没有穿过棉衣了，一家人挨饿受冻似乎已经成了习惯。这暖和的棉衣若是裁剪裁剪，还能给两个娃崽做一身过冬的新衣呐。但谢槐福还是有些不安，不知道毛委员拿了这棉衣给自己，他会不会受冻啊？可转念一想，他一个红军中的大领导，应该不愁没有棉衣过冬吧。想到这里，谢槐福又宽心了许多。

俗话说，三九四九冰上走。井冈山的这个季节是极寒的。谢槐福是个勤快人，为了一家人的生计，哪怕再冷的日子里，他仍然会外出寻些卖苦力的活计。当他路过毛泽东住房时，看了看自己身上的棉衣，心里涌起一阵暖意，感到应该去看望一下毛委员才是。门虚掩着，他轻轻推开房门，只见毛泽东身着两件单衣正伏在桌上专心地写作，丝毫没有觉察到有人进屋来。房间里虽比室外能挡些风雪，可仍然十分寒冷。谢槐

毛泽东旧居

福不敢相信自己的眼睛,又环顾了房间四周,确实没有一件能御寒的衣服。他原以为这样寒冷的天气里,毛委员应该穿着一件厚厚的棉衣,却不曾想到他居然只穿两件单衣。这位农民大叔忍不住热泪滚滚。

谢槐福无意中的抽泣声,惊动了正在挥笔疾书的毛泽东。他回头一看,只见谢槐福正在解着身上棉衣的纽扣,立马反应过来了,起身快步走上去说:“老谢,你这是干什么?天寒地冻的,快穿好,你时常要出门,比我更需要这件棉衣。”说完,帮谢槐福将棉衣扣子扣好。

当得知谢槐福准备出门谋事做时,毛泽东将他送到门口,说:“老谢,家里有什么困难,你就告诉我,我会尽量帮帮你的,以后我们红军要是打了胜仗,缴了东西,要请挑夫,我一定会叫上你的。多保重吧。”几句暖心窝的话,更是让谢槐福感动得泪如雨下,口中喃喃不已,一句话都说不出来了。

# 神枪手贺子珍

1927年年底，毛泽东带领工农革命军来到了井冈山，开始在宁冈、遂川一带分兵发动群众，创建革命根据地。赣敌朱培德慌忙调集重兵，扑向遂川。同时又派出一营敌军开进新城，妄图以新城为跳板，步步进逼井冈山，以达到拔掉边界红旗，摧毁井冈山革命根据地的目的。

1928年2月18日，红军女战士贺子珍腰佩手枪，随袁文才、王佐率领的第二团星夜出发急行军，在天亮前赶到了新城。他们借着黎明前深沉夜色的掩护，分三路埋伏在新城西门的稻田里，等待歼灭敌人的机会。

新城战斗的总指挥部设在离新城不远的棋山岭上。毛泽东吩咐一团各营分别控制了新城的东门、南门、北门，网开一面，留下西门引诱敌人进入袁文才、王佐的伏击圈。

天刚拂晓，敌人照样在南门外架枪出操，没有任何戒备。当毛泽东从棋山岭发出攻城信号后，埋伏在南门外的工农革命军第一团出其不意地发起进攻，当场击毙10多名敌军，缴枪30多支。残敌逃入城内关上城门，企图顽抗。这时，担负主攻东门的毛泽覃，指挥遂川县赤卫大队和一团一营架梯攻城。敌人惊慌失措地向北门逃窜，又遭我军的阻击。于是，敌军调转屁股向西门逃窜，进入我军早已张开的布口袋。

贺子珍紧握手枪，屏住呼吸，等待敌人跑近。说时迟，那时快，就在敌人进入伏击圈时，袁文才说声“打！”埋伏在稻田里的二团战士步枪齐发，打得敌人哭爹叫娘，狼狈逃窜。这时，贺子珍跳出掩体，挥枪射击。

贺子珍故居

敌警卫营的一个连长垂死挣扎,用手枪逼令敌军反扑过来,企图凭借他们手中的优良武器,杀出一条路突围出去。敌连长冲在最前头,凶神恶煞地带领敌人冲过来。贺子珍眼尖手快,借着稻田里的土砖坯做依托,对着敌连长扣动了扳机。枪声一响,敌连长应声栽倒在稻田里。敌人见连长被打死,顿时乱成一团,像热锅上的蚂蚁。一个敌排长又领着几个敌人,从侧面朝贺子珍打冷枪。埋伏在另一侧的贺怡发现了,大声喊道:"珍姐,小心侧面的敌人开枪!"贺子珍听到后,迅速转身又是一枪,击毙了敌排长。残敌看见连、排长都被打死了,个个心慌意乱,像无头苍蝇一样在原地团团转。正在敌人惊慌失措时,袁文才指挥全团战士掩杀过来,高呼:"缴枪不杀!"敌人看见前面的工农革命军包围过来,挡住了去路,后面又有工农革命军从城里追杀出来,好像老鼠进了风箱,只好乖乖地放下武器,举手投降了。

贺子珍挽起袖子,拣起敌连、排长的驳壳枪,插在腰间的皮带上,带领贺怡、谢梅娇等几个女红军打扫战场。俘虏看见贺子珍的英姿,惊讶地伸出舌头说:"共产党的女兵都这么厉害,腰插双枪,枪法又准,真了不起!"

# “有盐同咸，无盐同淡”

1928年9月，红军攻克遂川县城后，红四军分兵在遂川及与遂川相邻的万安县发动群众。按照惯例，朱德也带着部分红军官兵到遂川乡下了解情况，做宣传发动群众的工作。

朱德率红四军二十八团的几个战士，到遂川县偏远的碧洲开展工作。在一个小山村里，只有不多的几幢茅草房。朱德知道，当地老乡的生活境况还很贫苦。他带着通讯员来到一个茅棚前，叫开门后，只出来一个手拄拐杖的老大爷，走路颤颤巍巍。

朱德见老人两腿摇摇晃晃的，脸色灰白泛黄，关心问道：“老人家，您是生病了还是没粮食吃了？”

老人叹了口气，断断续续地说：“我不是生病，饭也吃了。虽然没有米，但是还有一点红薯，掺上一点野菜，还能对付一阵子。可是我已经几个月没有尝过盐的味道了。没有盐吃，连路都走不动啦。这些白狗子不让外面的盐运进来，现在的盐价高不说，就是有钱也没有地方买啊。村里好几户人家都外出逃荒去了。”

听完老人的话，朱德脸上流露出难过的表情。国民党军严密的经济封锁，老百姓也跟着红军和共产党受苦了。

回去以后，朱德了解了部队的存盐情况，虽然部队也断盐许久了，但是打下遂川县城的时候还缴获了一点盐。朱德吩咐，把缴获的食盐分出一部分，赶紧送到紧缺食盐的老乡家中，让他们暂时度过目前的困难。

第二天，朱德叫通讯员专程给碧洲的那个老人送去一包盐。老人看着一包白花花的盐粒，满含眼泪，再三推辞不受。

通讯员说："收下吧，老人家。朱军长说了，我们共产党和红军与人民群众有盐同咸，无盐同淡。只要红军有盐吃，就得让老百姓的菜碗也是咸的。这是朱军长交给我的任务啊！"

老人听说盐是朱军长送来的，手捧盐包，突然跪倒在地，磕头说道："苍天啊，请保佑朱军长，保佑红军，保佑革命成功！"

朱德旧居

# 朱军长睡禾草

1928 年 10 月的一天傍晚，忙了一天的朱德沿着崎岖的羊肠小道，翻山越岭，来到了红四军第三十一团二营的驻地茨坪，检查防务工作。

夜深了，身着单衣单裤的朱德和第三十一团副团长兼二营营长王佐等人，围坐在一盏油灯下，紧张地部署着工作：安排加固五大哨口工事的力量、调配哨口上所需的各种物资、组织群众给修哨口的军民送水送饭、削制竹钉等诸项事宜。

工作终于部署好了。朱德舒展了一下疲惫的身躯，掏出怀表一看，“哦，已深夜一点多钟了！”便笑着对王佐说：“王团长，我们不回去了，就在这里过夜。”王佐立即吩咐几个战士去给朱德铺床。

红四军军部旧址(含朱德同志旧居)

朱德赶忙拦住:“不用搭床了,随便一点吧。”接着又风趣地说:“等革命成功了,我们再到你这里做客时,睡个好床吧!”

“那就请你到我的床上睡吧。”王佐一边说,一边在前头引路。

朱德依然站在原地没动:“王团长,这段时间,你们为根据地后方的建设和防务工作忙了很久,够辛苦了,床还是留给你自己睡。不过,得麻烦找几捆禾草来,摊个地铺就行了。”

“我们军长是经常睡地铺的!”站在一旁的警卫员插话。

“是啊,我们还带了一床线毯呢。”朱军长从警卫员手中接过那条从南昌起义带来的已有好几块补丁的黄色军毯,一边说,一边打开给王佐看。

王佐知道拗不过,只得吩咐几个战士去拿禾草。可他还是不放心,说:“井冈山天气冷,寒气重,垫禾草你吃不消啊!”

“不会的。和战士们一起睡禾草习惯了,一天不睡就睡不着啊!”朱德笑着说。

不一会儿,禾草拿来了,朱军长自己动手拆开一捆,就在办公室的地面摊开。王佐等几人无可奈何,也只得跟着帮助铺起地铺来了……

清晨,晨曦微露,才睡了几个小时的朱德,就起床和警卫人员一起捆好铺草,打扫干净办公室,又赶往其他部队的驻地去了。

# 小井医院的诞生

小井位于井冈山西北面，距茨坪 6 公里。1928 年的夏天，红四军在这里设立了红军伤病员医务管理组，当时全村的 40 多户农民家里，住了 200 多名伤病员。

为了减轻群众的负担，改善伤病员的医疗条件，根据湘赣边界特委的决定，1928 年 10 月开始兴建小井红军医院。建院所需的木材、石料都是由井冈山军民上山砍伐、开采的，所需经费也是红军和群众节衣缩食自愿捐献的，共收到捐款 1000 余元。

经过一个多月的时间，建起了一栋两层木质结构、共 32 间、可容纳 200 名伤病员的病房。原打算建三栋这样的房子，但因敌人进攻而停工。医院建好后命名为“红光医院”，这是井冈山上的第一所正规医院。当时医院的医疗设备很差，缺医少药。医院的医务人员自己采挖草药，自制医疗器械，同时利用从敌人那里缴获来的药品，采取中西医两法治疗伤病员。

1929 年 1 月，湘赣两省敌军调集 18 个团的兵力对井冈山根据地发动了第三次“会剿”，红五军和王佐部在彭德怀、滕代远等人的指挥下，与敌军展开了激烈的战斗。

1929 年 1 月 29 日，敌人在多次进攻不得手的情况下，买通了宁冈县斜源村游民陈开恩，由他带路，绕过红军正面阵地，偷袭了小井村。在医院养伤的重伤病员和医护人员共 130 多人，因来不及转移，全部落入敌军手中。敌军对红军伤病员严刑拷打，威逼伤病员说出红军主力的去

小井红军医院旧址

向。但伤病员们面对敌人的枪口,忠贞不屈,视死如归,无一人开口。敌人未能达到目的,就把伤病员拖到小溪旁的稻田中用机枪扫射,红军伤病员全部英勇就义。

英雄们倒下后,隐蔽在深山密林里的井冈山群众冒着生命危险,将他们的遗体掩埋在这块稻田中。这 130 多名英雄究竟叫什么名字,史料上没有记载。新中国成立后,根据参加过井冈山斗争的老同志回忆,才得知吴鸿禄、李玉发、朱娥龙和邓颖发等 20 多名伤病员的名字,大部分则为无名英雄。

1951 年,井冈山军民将烈士们的部分遗骨从小井迁到茨坪重新安葬,并建造了革命先烈纪念塔。

1969 年,井冈山人民政府在烈士牺牲的原地——距离医院 100 多米远的一块小平地,那里原是一片稻田,也是 130 多名烈士被枪杀的地方建造了一座烈士墓和烈士纪念碑,碑上书写着毛泽东题词“死难烈士万岁”。这就是现在的小井红军烈士墓,又名小井红军伤病员殉难处。

# 改造“山大王”

1928 年 1 月的一天,何长工被毛委员派去改造王佐。

第二天,何长工怀揣毛委员给王佐的亲笔信,来到了王佐部队的驻地茨坪。说明来意后不久,一个彪悍的中年汉子便走出来。他看完毛委员的信,笑着说:“我就是王佐。毛委员派你做我们的党代表,好!好!欢迎!欢迎!”随即大声命令部下摆酒接风。

在后来的三四天中,党代表走屋串门,找士兵们谈心,渐渐和他们熟了。士兵们有时也会跑到他屋里坐坐、看看、问问。

为了打开局面,消除王佐的戒心,何长工便经常到王佐家探望。有一天,何长工信步向王佐家里走去,王佐的母亲正在做饭。何长工一进去,就帮她担水、劈柴。突然远处传来一阵呼叫声。何长工闻声走出门,正见王佐的心腹一连长走过来,就问:“什么事?”

一连长回答:“抓到一个给尹道一做工的人,哥哥命令打屁股 30 大板。”

尹道一是附近几个县的靖卫团总,王佐的死对头。见王佐为了复仇,竟痛打替尹道一做工的穷苦老表,何长工不禁眉头一皱,说:“做工的是穷人,穷人哪能打穷人?老王不管三七二十一,乱打一通,不得民心。没穷人拥护,部队就失去了靠山,尹道一会更疯狂地进犯这里的。”

一连长和王佐母亲似懂非懂地点点头。

何长工三步并作两步地赶到司令部,见王佐正在喝令责打那个尹道一村上的人。何长工立即制止，严肃地说："放下木板！"又快步走到厅堂中央，问王佐："老王，这人是不是尹道一呢？"

王佐浓眉倒竖，双目圆睁，调转了头。

何长工又镇定地说："见到尹道一村里的人便打便杀，势必造成山上山下的矛盾。这样子，尹道一恨你，尹道一村里的穷人也恨你，山上的老表也不倒向你，没有老百姓，你就站不住脚，就要毁掉自己的部队。"

王佐扬起头，看了何长工一眼，喝令部下："关起来，听候处置。"便又拂手而去。

第二天，王佐命令被抓的人砍了一天柴，然后就把他们全部释放。

一天，王佐的老庚——袁文才派人送来了信。信中说了毛委员给他讲的革命道理和部队经过毛委员改造后的新面貌，还说：毛委员、共产党看得起我们，我袁文才没说的，铁了心跟他们走。

袁文才的信在王佐心中点起了一把火。这天，他找到何长工，说："我老庚讲，毛委员最了解穷苦人民，替工农说话办事。我也有件事，不知毛委员……"

何长工早已猜到了王佐的心思，便说："毛委员专为工农谋利益，替穷人撑腰。比如尹道一，毛委员早就说过，要选择时机干掉他。"

王佐听了，一拍大腿："好！好！毛委员想到我的心坎里去了。"

王佐的话刚说完，一个探子就来报告："尹道一说打了他村上的人，扬言要血洗茨坪。"

王佐先是一愣，继而向何长工点点头："你说对了，姓尹的狗崽子想挑动老表吃掉我。"他又猛地在台上击了一掌，紧捏拳头，问党代表有什么好计策。

"好！尹道一不只是你的宿敌，也是我们工农革命军的对头。"党代

刺杀尹道一用的双面刀

表了解到尹道一打仗有穷追的习惯,就出点子,提议选个有利地形,打个埋伏战。

王佐一听,就说:“着！此计甚妙！”

于是,何长工便和王佐、刁辉林、李克昌等人密商了一个“伏击战”,决定在旗锣坳一带设伏,佯攻诱敌,将尹道一部聚而歼之。

何长工部署说:“尹道一的司令部驻扎在拿山石门。从拿山到茨坪,中间有个旗锣坳,这里山高谷深,地势险峻,便于设伏兵。明天我和刁辉林带领一支人马埋伏在旗锣坳,王总指挥和李克昌率领一支人马到石门撩战。记住:你们要边打边撤,佯装败退,把尹道一引进我们的伏击口袋。”

“好,一言为定！”王佐满口赞同,他没有想到何长工竟这样熟悉兵法。

第二天拂晓,震耳的枪声响彻石门山谷。正在酣睡的尹道一听见枪声,赶忙问哨兵出了什么事。哨兵向他报告:王佐部队下了山。尹道一听说是王佐部队,冷冷一笑,急忙带领一队靖卫团追上山去。

刁辉林见尹道一出了巢，便打几枪，退几步；退几步，打几枪。尹道一恶狠狠地命令靖卫团紧追不放。快到中午时分，尹道一带领靖卫团追到了旗锣坳，团丁们都跑得满嘴吐白沫，又饥又累。他便命令靖卫团停下，吃饭休息。

正在靖卫团团丁们狼吞虎咽吃饭时，王佐埋伏的部队开始射击了。靖卫团团丁死的死，伤的伤，能跑的各自夺路而逃。二连长趁敌人慌乱之际，带领几个战士从敌人背后包抄过去。尹道一正在声嘶力竭地指挥团丁挣扎，猛然间被一个战士从背后拦腰抱住，另两个战士立即将梭镖扎进他的胸膛。剩下的团丁见团总一命呜呼，吓得没命似的四处溃逃。

王佐见提来了尹道一的脑袋，使劲瞪了它一眼，打了它两耳光、踢了它两脚，拍着手大叫道："着，着！就是这个贼子，就是这个贼子！你害死了多少老百姓！哈哈，你作尽了恶，也有今天！"说完，王佐抱着党代表放声大笑，又伸出大拇指，连声称赞："毛委员派来的人，有本事！"

这次伏击战的胜利，使王佐部队的思想情绪发生了很大的变化，何长工抓住这一有利时机，加紧在部队中开展思想政治工作、发展党的组织、筹建士兵委员会、教唱革命歌曲等。

1928 年 2 月上旬，袁、王部队在宁冈大陇朱家祠升编为工农革命军第一军第一师第二团。张子清代表前委宣布：袁文才为团长，王佐为副团长，何长工为党代表。

从此，这支由绿林起家的农民地方武装，在党和毛泽东的直接领导下，踏上了工农武装割据的革命道路。

# 标 语 吓 敌

1928年的2月初,一个令人紧张的消息在大陇传开了:国民党驻扎在吉安的敌军趁着工农革命军开到遂川去了,派出一个营,开到宁冈的县城新城,由李树益的县靖卫团配合,盘踞城池,欲扑灭刚兴起的革命烈火。

新城之敌不断地开往茅坪、大陇一些山区进行骚扰,惹火了袁文才。他骑马来到大院,对宁冈县第四区区委书记朱开卷、大陇乡工农兵政府主席朱春生等人说:“敌人像敲糯米糖一样零打碎敲来撩犯我们,难道我们不可以回击一下?起码要派些人到新城去,在街上贴一些标语,吓唬他们一下。”

朱开卷与朱春生研究的意见是,要乡工农兵政府的尹秘书连夜写好几十张标语,再派人去张贴。

派谁去好呢?朱春生想到一个主意:要14岁的乡少先队队长朱盘生带几个小伙伴到新城去,完成这一任务。朱盘生人小机灵,敌人不太会注意。朱春生派人将朱盘生找来,将情况讲了。朱盘生爽快地答应了,说与蛮牛崽一道去。

第二天正好是新城连圩日,天还未亮,朱盘生和蛮牛崽两个少先队员一人挑了一担干柴,担子上面挂了一节竹筒,爬山过坳,一路不歇肩,沿途躲过几道岗哨的搜查,上午8点来钟就到了新城。他俩夹在卖柴的人群中,从西门混进了城内。进城以后,他俩带着事先准备好的竹筒(里

新城城门

面藏标语外面放竿头),沿着大街小巷转悠了一阵后,便乘无人注意的时候,用熟竿头在墙上一抹,敏捷地把标语贴了上去。不多久,“打倒国民党反动派!”“打倒土豪劣绅!”“工农暴动起来,建立革命政权!”等标语出现在城内的墙壁上。不一会儿,标语前面站满了观看的群众。

县靖卫团的团丁们见城内到处出现了共产党的标语,吓得慌了手脚。他们一边驱散观看标语的人群,一边报告靖卫团团总李树益。等到李团总下令全城戒严搜查时,朱盘生和蛮牛崽早已溜出了城门。

由于少先队员在新城的大街小巷张贴标语,宣传革命,鼓舞斗志,使敌人一日数惊,坐卧不安,军心涣散。

2月17日,工农革命军、赤卫队、暴动队乘机攻打新城,歼灭了国民党反动派一个独立营和宁冈县靖卫团,缴获了大量的枪支弹药。在军民庆功会上,袁文才夸奖朱盘生和蛮牛崽两个少先队员“贴标语有功!”。

# 豆子传敌情

井冈山斗争时期,敌军频繁地向根据地发起进攻,党和群众不得不一起军事化。大人们参加赤卫队、暴动队,少年儿童们也有自己的组织,即少年先锋队。少年先锋队在村里担任放哨、查路条、传送信件的任务,有时候还被派到外地侦察敌情。

乔林乡少年先锋队的甘叫古和刘恩仔,两人都是15岁。乡工农兵政府主席甘敬犹见他二人虽然没上过学不识字,却机灵得很,多次派他俩外出侦察。

1928年秋,湖南酃县(今炎陵县)十都的挨户团经常带着湘敌从十都翻过山来偷袭乔林。为了防备敌人的袭击,乡工农兵政府派出五六拨人在各个交通要道设置暗哨,乡赤卫队随时待命截击来犯之敌。

这天,甘叫古和刘恩仔被派到七亚里村,在可以俯视小路的山坡上放哨。就在两人守了2个多小时,以为没有敌情的时候,一路敌军从村前山上的横排上开过来了。两个少先队员立即紧张起来,瞪大双眼注视着越走越近的敌军队伍。甘叫古用手肘碰了同伙一下,轻声地说:“我数黄豆,你数乌豆。”

两个少先队员按照乡赤卫队队长朱天桂的布置,对于敌情的侦察方法已经做好准备,就是每人都在衣袋里装了几把豆子,用于记数,掌握敌军的人数和枪支。

甘叫古和刘恩仔藏身的地方是一片浓密的箬叶篷,离下面的小路

井冈小哨兵铜像

十几丈远,可以清楚地看到敌兵们的眉毛胡子。当敌人从他们的视线通过时，甘叫古把手里的黄豆一颗一颗放进左边的衣袋里，过一个放一颗。刘恩仔担任的任务则不同,就是看见敌人携带了一挺机枪,就以一颗乌豆为数。

十来分钟后,敌人的队伍过完了,还可以听见士兵们喊着“肚饥了,到村里搞饭吃”的叫声。甘叫古和刘恩仔立即从箬叶篷钻出来,跑到一个敌人看不见的地方。俩人将衣袋里的豆子掏出来,一颗颗过数,一颗、两颗、三颗……敌人出动了整整一个连的兵力,带有三挺机关枪。甘叫古对刘恩仔说:“趁着他们搞饭吃,我们赶紧回去!”

乔林乡工农兵政府根据两个少先队员得来的情报，迅速制定了击敌方案。乡赤卫队队长朱天桂带领 60 多个赤卫队员和几十个暴动队员,分为两路开赴阵地。

在七亚里村开过中饭的湘敌,行至离乔林 3 里的老鸦冲,走在前头的十几个士兵被突然倒下的一棵大槲树压在下面,不是死就是伤。原来,这棵大树已被赤卫队员锯空了一大半,用山藤吊住,待敌人走近,便砍断山藤倒下来。正当敌人一片慌乱之时,从左边山上飞下一阵鸟铳的弹丸和土炮铁片,打死七八个敌人。敌军正要组织上山追击,右边的山腰里,又响起密集的"枪声",还有令人心悸的喊杀声。敌军见两边山上都有伏兵,慌乱中也不曾辨别出山上的"枪声"是煤油桶炸响的鞭炮,赶紧往来的路上逃窜。

乔林乡赤卫队在老鸦冲的伏击战,打死敌兵超过了 1 个班,缴获步枪 7 支,机枪 1 挺。大家都说,这次打胜仗,两个少先队员立了头功。

# 为主义而牺牲的谢甲开

1928 年 3 月，毛泽东和何挺颖率领工农革命军主力，兵分三路，进军湘南，策应湘南暴动。部队离开边界后，宁冈兵力顿空，当地土豪和国民党军乘机卷土重来，疯狂向茅坪“进剿”，一路烧杀抢掠，沿途民房全部被毁，敌军扬言要血洗茅坪。湘赣边界遭到了国民党军队和地主的反攻倒算。

由于当时情况非常紧急，当地群众都来不及转移。中共宁冈茅坪乡支部书记谢甲开不顾个人安危，奔走相告于各村各湾，挨家逐户通知乡亲群众上山隐蔽。遇有老人行动不便，他就搀扶着老人走；有小孩走不动，他就背着小孩走。当乡亲们全部转移到了安全地点后，敌军已包围了村庄，他自己则已经来不及上山了，危急之中，谢甲开就地隐蔽在一户人家的土楼上。

国民党军一冲进村中，就四处烧杀。谢甲开被敌人发现，不幸被捕，被押到茅坪河边。敌人对他严刑拷打，要他说出茅坪乡党政干部的去向，遭到了谢甲开的严词拒绝。敌人一再威逼，谢甲开则以高呼“共产党万岁”作答。敌人砍断他的双臂，他仍然高呼“共产党万岁，打倒土豪劣绅”。土豪魏兴唐恼羞成怒，竟欲用谢甲开的人头来祭死去的土豪劣绅。

魏兴唐为什么如此恨谢甲开呢？

谢甲开 1896 年出生于宁冈一个富裕家庭。大革命时期投身革命，与袁文才一起在茅坪组织农民协会，开展农民运动，并拿出自己家中的粮油，解决宁冈县农民自卫军的给养问题。1927年10月，毛泽东率领湘赣边界秋收起义余部到达宁冈茅坪，决定在茅坪安家，建立革命大本营。谢甲开又主动将家里的衣物、粮食、茶油等物资用来支援工农革命军，并多次率领农民自卫队配合工农革命军到茶陵严塘和宁冈鹅石等地打土豪，把筹集到的钱粮分给贫苦农民，对革命事业非常热情和坚定。1927年冬，谢甲开光荣加入中国共产党。不久，任中共宁冈茅坪乡支部书记。他积极组织农民自卫队，配合工农革命军打土豪、筹款子。

1928年春，谢甲开率领两三百人到秃楼冲魏兴唐家打土豪。魏兴唐是天湖村有名的大土豪，收租放债，高利盘剥，群众对他恨之入骨。当群众来到他家打土豪时，他预先穿好一件破棉袄，并把家里值钱的财物全部藏起来，装穷叫苦。

谢甲开带领骨干成员，分头在群众中做思想工作，动员群众起来揭发检举豪绅罪行。经调查，几天前魏兴唐就把财物转移隐藏到山上去

茅坪乡工农兵政府旧址

了。谢甲开立刻带领群众上山搜查,最后在一个山窝里搜到几百斤茶油和两个大红箱子,箱子装满了金银首饰、绸缎、田契和借据等。谢甲开和群众烧毁了田契和借据,废除了豪绅地主与农民的各种债务关系,把粮油、衣物分给贫苦农民,把金银首饰上交给工农革命军,积极帮助工农革命军解决给养问题。所以,魏兴堂对谢甲开恨之入骨。

面对如此穷凶极恶的阶级敌人,谢甲开视死如归,他痛斥了国民党新军阀背叛革命和屠杀革命群众的罪行,并高呼"共产党万岁""革命成功万岁"等口号。敌人无计可施,最后惨无人道地将谢甲开杀害,并碎尸五段,抛入河中。

谢甲开英勇牺牲了,但他的革命精神和坚定的理想信念,却成为无数革命者的楷模,激励着后来者。

# 中小商人的红枣一个也不能动

工农革命军来到遂川县草林圩后，草林圩上原来的200多家店铺全都关了店门。街上流言四起，说“哪家卖货接济工农革命军，当心脑壳子搬家，满门诛斩”。这些谣言、威胁使整个草林圩人心惶惶，各家店铺老板们分藏货物，躲到乡下去“避风”。原来人来人往、生意兴隆的草林圩一下子变得人烟稀少，满目萧条。赶圩的农民土产品卖不出，急需的食盐和布匹等物品又买不到，工农革命军也买不到盐吃。

草林圩在遂川县，南通赣南，西达湘南，北靠井冈山，是遂川西北地区土特产品的主要集散地和日用品的中转站。圩中有七八条街道，集中了200多家店铺，住有600多户人家，圩市非常繁华。但由于官府豪绅互相勾结，又层层设卡，敲诈勒索，靖卫团武装还要抽5道税，老百姓怨声载道。草林圩的经济命脉则被黄礼瑞等极少数土豪劣绅操纵。黄礼瑞用各种手段排挤中小工商业者，没几年工夫就只剩一百来家，他自己则成为草林圩上地地道道的大恶霸。工农革命军一进入草林，黄礼瑞就收买一些流氓到小商家店铺里造谣威胁，还把自己的食盐分散到乡下去高价出售，并扬言要困死工农革命军。

针对这种情况，毛泽东来到达草林圩的当天，就去找贫苦群众进行调查研究，及时制定“保护中小工商业”的正确政策。规定：反对封建剥削，只能没收地主的财产，必须保护工商业利益。如果是地主兼商人，只没收他的封建剥削部分，商业部分连一个红枣也不能动。对罪大恶极的

草林圩场

土豪，在没收他的商店时，一定要出告示宣布他的罪状。没收地主的财产也要出告示，宣布他的剥削罪行。对没收来的财物、粮食，尽量发给群众，以提高群众的阶级觉悟。还派出宣传队，到圩场和附近农村做了大量的口头宣传。

经过这一番宣传之后，许多群众不再畏避工农革命军了，但圩上那些店铺的门却依然没有打开。于是，工农革命军战士又挨店挨铺去给中小商人讲明工农革命军的政策，告诉他们："靖卫团已被打垮了，苛捐杂税没有了，为什么不开门做生意呢？""工农革命军是革帝国主义、封建主义和官僚资本主义的命，又不是革你们的命，怕什么？""毛委员指示要保护工商业，我们要查封的是豪绅地主开设的大店铺，对中小商人的财产丝毫不动，你们还是放心做生意吧！"……

中小商人听了宣传，又看到工农革命军战士买东西都照价给钱，心里就像放下了一块大石头。那些去"避风"的店老板们，也陆续回到草林圩开门营业了。

工农革命军的官兵一面继续宣传群众,一面组织群众打土豪、筹款子,其中仅布匹一项就没收了 700 多担,筹款两万多银圆。

草林圩的局面终于打开了。农历腊月二十四日这天一早,通往草林圩的各条路上,挑担的、提篮的、背篓的,川流不息,甚至连赣南等外地的商人、小贩也来赶圩。到中午时分,到圩者竟达两万人以上,是过去从来没有过的。

草林圩的重新兴旺,不仅保护了中小商人的合法利益,保证了周边一带农民群众的正常生活,还为巩固井冈山根据地提供了大量物资来源。

# 陈毅赔桶

1928年4月,陈毅随部队住在一个叫龙口的村子里。村东口有口水井,离水井不远处住着一对老年夫妻。陈毅注意到,几天来,每当战士们路过那户人家去井边打水时,老人便会急急忙忙把门关上,生怕会去抢他屋里的东西似的。陈毅想,自从红军到这里后,打土豪分田地,村里的群众对红军像待亲人一样热情,为什么这户人家对红军却是另一种态度?看看他家的住房和家人的衣着又不像是有钱人家,陈毅想去弄个明白。

这天,陈毅独自一人来到井边,见老人家里的门正开着。那老人也正在偷偷望着陈毅。陈毅见状,疾步向那间房屋走去。谁知老人又急忙把门关上了,任凭陈毅在外敲门,就是不应声。

陈毅感到这事真有点奇怪。当天,他便找到村苏维埃主席询问,才知道事情的原委:那老人叫龙善元,是清朝末年的穷秀才。不久前发生了这么一件事,红军进村那一天,有个战士没经老人同意便把他家放在门口的一担水桶拿来挑水了,后来不小心把水桶碰坏了,交还门口时没见到老人便走了。恰巧过了一天,这个战士又被派去执行任务了,后来就把这件事忘记了。事情发生后,老人便对红军产生了误解,采取了避而远之的态度。

陈毅了解这件事情后,立即命令通讯员去找木匠打水桶,谁知村里没有一个会做木匠活的。陈毅把这件事一直记在心上。

陈毅旧居

一天，陈毅刚好到县里开会，回来特意从街上买了一担新水桶。第二天，村苏维埃主席带着一手提一个新水桶的陈毅向龙善元老人家走去，敲开老人的门说："老先生，红四军的陈主任亲自来给你赔水桶啦！"陈毅忙把一担新水桶放在门口说："老先生，对不起你哟！现在我代表那位战士向你道歉赔礼啦！"

老秀才在屋里看到这一切，急忙走出门来，紧紧握着陈毅的手说："惭愧！惭愧！自古道兵匪是一家，我活了 70 多岁，还没有见过这么好的军队。有你们这样的军队，我们穷人就有指望啰！"

陈毅爽朗地笑着说："是啊，老先生，只要我们相互支持，共同努力，反动派就一定会被打垮，天下就一定是我们的！"

# 毛委员写分田牌

丈量土地的三角旗

1928年5月，在湘赣边界特委的领导下，井冈山根据地有步骤地开展了轰轰烈烈的“打土豪，分田地”运动。

分田地是一项严肃细致的工作，为了避免差错，让群众准确分到自己的田，每块分定的田地上都要插上一块分田牌。分田牌是一块高约1米、宽四五厘米的竹牌，上面要写上户主的姓名、田地坐落、田界、面积。

永新西乡塘边村只有李振珠念过两年私塾，为全村写分田牌的工作就交给了他。由于文化水平低，他写得比较慢。村苏维埃主席交代过他，全村几百块分田牌要一天写完，不能耽误第二天农民插牌分田。可一个上午过去了，连三分之一都没写到，他心里开始着急。

这时，门外走进一个穿灰布军装的高个子，他看到李振珠写的分田牌，连连夸奖：“写得好，要得，要得！”

李振珠正忙着埋头写分田牌，也没顾得上和来人打招呼。来人见他忙得满头大汗，和气地说：“小同志，莫急，我来帮你写。”

李振珠这才抬起头,看到一张熟悉的笑脸。“啊！毛委员！”

毛泽东已经三次来到这里调查、蹲点,指导分田运动,村里的人都认识他。

李振珠说:“毛委员,你工作这么忙,这里的事我做就可以了。”

毛泽东笑着说:“分田是农民翻身的大事，还有什么事比这件事更重要啊！”

看到毛委员这么认真,李振珠就不好再阻拦了,一边帮着磨墨,一边看着毛泽东写分田牌。两人合作,工作进度大大加快,还不到太阳落山,几百块分田牌就全写完了。

第二天,李振珠把毛委员写分田牌的事告诉了大家。大家听了十分激动:“我们村里的田是毛委员分的,分田牌是毛委员写的！”“分田牌是我们的翻身牌啊！”而且,群众很快编了一首《我村田牌毛委员写》的歌谣:

分田牌,分田牌,
我村田牌毛委员写。
毛委员写的分田牌,
子孙万代不变色。

这个故事很快在湘赣边界地区传开,这首歌谣也在苏区传唱,流传至今,成为一段红色文化记忆。

# “空城计”

1928年8月下旬的一天，湖南军阀派来两师兵马，驻扎在古城、渡陂一带，准备进攻茅坪。当时，红军主力都去进攻酃县、茶陵了，茅坪只留下20多条步枪，其余都是梭镖和鸟铳。

毛委员得到了敌人进攻的报告后，先派出几个战士，化装混进古城，组织当地的共产党员，等到夜里在古城四处张贴标语，从政治上动摇敌人的军心；又派一些同志，带领赤卫队和群众100多人，背上梭镖和鸟铳，连同那20多条枪，连夜赶到古城西南边的倚路石一带去拦堵敌军。毛委员吩咐他们多带一些“火线旗”去。“火线旗”就是指挥打仗用的红旗。

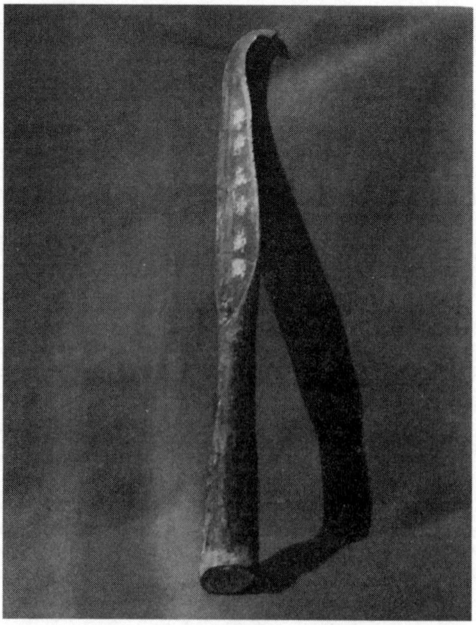

梭镖

毛委员对他们说：“这一仗，大家都是指挥官，不是战斗员，要和敌人斗智，不能斗力。”

倚路石和将军庙一带，是古城周围最高的山。100多个赤卫队员和群众分成四五个人一组，每组一条步枪，把守一个山头，在这一带布下三四里长的防线。趁太阳下山的时候，他们在这边山头打两枪，摇着红旗喊叫一阵："白军士兵快缴枪，缴枪投降的不杀！"又转到那边山腰打两枪，摇着红旗喊叫一阵。弄得反动派昏头昏脑，摸不清到底来了多少红军。

天黑了，伸手不见五指，山头的喊叫声此起彼伏。20多条枪，忽而分散射击，忽而调拢来集中射击。在东边山头喊一阵，放几排枪；又赶到西边山头上喊一阵，放几排枪。山下的敌军只听见到处是枪声，一阵阵"冲呀！杀呀！"喊得他们丧魂落魄，为了壮胆，只好躲在工事里乱放枪。这一放枪就更乱了，这个连以为那个连被围，那个连又以为这个连遭到袭击，个个心惊胆战。城里的敌军头子得到报告，更加提心吊胆。又看到到处贴满了标语："反动派，你又来送死啦！""士兵不打士兵！工农不打工农！"敌军生怕红军打进城来，他们的命就要保不住了，便慌慌张张下令撤退，连夜逃走了。

第二天一早，赤卫队开进古城打扫战场时，才知道敌人来了足足两个师。大家都称赞说："毛委员真的是胆大心细计谋高！"

# 一段京剧唱腔的新生

1928年8月下旬,湘赣敌军乘红四军主力在湘南未归之际,兴兵进犯。湘敌吴尚部3个团,由酃县进据宁冈大院,会同从永新进攻茅坪的赣敌王均部一个团,准备于8月30日进攻大小五井地区,这是敌人对井冈山发动的第二次“会剿”。

听到敌人即将进攻的消息,红四军留守部队在大井召开了紧急会议,部署战斗。红军和地方武装在哨口的各个山头巧妙布置了竹钉、篱笆、檑木、滚石、壕沟等5道防线,准备狠狠打击来犯之敌。

8月30日上午8点,云雾散后,湘军吴尚部和赣敌王均部共4个团开始进攻黄洋界。他们用机枪向黄洋界盲目射击,进行火力侦察,可半天也不见山上有什么动静,就开始进攻。黄洋界山高路险,除了一条羊肠小道,四周都是悬崖峭壁。敌军摆不开,只好排成“长蛇阵”,一个挨着一个沿着小道往上爬,累得上气不接下气,好不容易才爬到半山腰。

直等到敌人进入有效射程以内,营长陈毅安才下命令:“打!”一阵排枪齐响,敌人倒下了一片。大家又砍断棕绳,“轰隆、轰隆”一阵巨响,滚石檑木一齐滚下山去。敌人躲不及,逃又逃不赢,挨着的头破血流,碰着的折臂断腿。后面的敌人转身就逃,正好落入竹钉阵里,双脚被竹钉戳中,痛得喊爹叫娘。

敌人连续几次冲锋,都被红军指战员和地方武装凭借黄洋界天险,利用石块、滚石檑木、竹钉和手中的武器打退了。大约下午4点,敌人不

黄洋界

甘心失败,又组织了规模更大的进攻。就在这时,红军战士把二十八团留在茨坪红四军军械处修理的一门迫击炮抬上了黄洋界，安放在瞭望哨。当时,只有 3 发炮弹,由于受潮,前两发炮弹成了哑炮。当第 3 发炮弹出膛,只听“轰隆”一声巨响,炮弹在敌群中炸响了。这时,埋伏在各个山头的少先队、儿童团纷纷点燃了煤油桶里的鞭炮，在树梢上挂起红旗。一时,黄洋界上枪炮齐鸣,红旗招展。敌人原先得到情报,红军主力不在井冈山,这时,看到这种阵势,以为我红军主力已经回到井冈山,吓得魂飞魄散,连夜逃回酃县境内去了。

那天夜晚,虽然是初秋时分,但山风呼啸,凉意袭人。黄洋界上,篝火通红。三十一团一营的战士们情绪高涨,谁也没有睡意。这个说:“诸葛亮唱‘空城计’时弹琴退敌,我们定的‘空山计’也要唱上一曲！”那个说:“是呀,陈营长会唱京戏,就叫他扮孔明,来一段吧！”

陈毅安听着战士的话,非常高兴地说:“那就大家凑一段唱词吧,我来唱！”

不一会儿，几个军中秀才吟就了一段西皮流水的《空山计》：

我站在黄洋界上观山景，
忽听得山下人马乱纷纷。
举目抬头来观看，
原来是湘赣发来的兵。
一来是农民斗争少经验，
二来是红军主力远离了永新。
你既占宁冈多侥幸，
为何又犯我大小五井？
你既来就该把山进，
为何在山下扎大营？
你莫左思右想心腹不定，
我这里内无埋伏外无救兵。
你来，来，来！
我准备了南瓜红米、红米南瓜，
犒赏你的俘虏兵。
来，来，来，别犹豫，
请你们到井冈山上谈谈革命！

红军战士用竹筷敲击脸盆和饭碗，在黄洋界上唱起了《空山计》。毛泽东在率领红四军主力回井冈山途中，行至遂川大汾，闻听黄洋界保卫战大捷的消息，回山后，欣然吟写了《西江月·井冈山》：

山下旌旗在望，
山头鼓角相闻。
敌军围困万千重，
我自岿然不动。
早已森严壁垒，
更加众志成城。
黄洋界上炮声隆，
报道敌军宵遁。

黄洋界保卫战用过的迫击炮

# “枫树穿石”论革命

在茅坪八角楼不远的河边，有一棵刚劲挺拔的枫树。枫树的根长在一块大石头下面，把大石头都顶穿了，裂成了两半。

夏天晚上，村里的赤卫队员、少先队员和老乡们都在这棵大枫树下面乘凉。毛委员也经常来到这里，跟大家拉家常，讲革命道理。

有一晚，毛委员又坐在枫树下，给大家讲目前的形势。

毛委员说：“我们的斗争很艰苦，兵少，武器差，敌人又封锁我们，物质条件极端困难。但是，大家不要怕反动派，也不要听信谣言。反动派有

“枫树穿石”

什么了不起,大家都是娘生的嘛!敌人有两只手,我们也有两只手。他们拿枪打我们,难道我们手里端的是豆腐?我们不会也拿起刀枪打他们吗?我们武器是不如他们,可也不是烧火棍子呀!”

大家听得哈哈大笑,都说:“毛委员说得好!他打我们,我们就狠狠地揍他们!”

接着,毛委员指了指枫石,笑着对大家说:“反动派就像这块大石头,样子吓人,其实也没有什么了不起!你们看嘛,这棵枫树一顶,就把它给顶穿了。这棵枫树为什么敢顶石头呢?因为不愿意受压迫嘛!它要出头,要见天日,要自由地生活。国民党反动派就是压在我们头上的石头,还有帝国主义官僚资产阶级、封建地主,都是我们头上的石头。我们要想翻身,不受压迫,就得向这棵枫树学习。只要大家齐心协力,挺起腰杆,是一定能把压在我们头上的大大小小的石头都顶穿的!”

毛委员的话引得大家开怀大笑。众人异口同声地说:“对!我们要翻身,要革命,就要跟着毛委员坚持斗争!”

# 团 结 菜

1929 年 1 月上旬的一天,红四军军长朱德同志来到三十二团团部,与王佐等同志一起研究留守井冈山的兵力部署, 准备粉碎湘赣两省敌军对井冈山根据地的第三次联合"会剿"。

拟定好作战方案后,就到了该吃午饭的时候。朱德和陈毅、王尔琢等军政指挥员在三十二团团长袁文才的招呼下,一起吃饭。

朱德见桌面上有三四个土钵子盛的南瓜、香菇、豆腐炒青椒等菜,另外还有一小碗腊肉,他风趣地笑着对袁文才说:"哈哈,菜真丰盛啊,该不是我们这桌才有这个待遇吧?"

袁文才有些不好意思地说:"你既是我们的军长,又是我们的客人,按照我们山里人的习惯,请客吃饭,至少也得十几碗菜才行呢,今天这些菜很不像样子,还请军长莫怪!"

朱德一边要大家坐下,一边说:"你们的情意我领了,目前根据地处在困难时期,大家吃红米饭南瓜汤也没有怨言,就是为着革命最后的胜利。"

说着,他到厨房找来一个木盆,并洗净揩干,然后一手端起那一小碗腊肉,再回到餐桌旁,把小碗内的腊肉和桌上的其他菜一起倒进盆子里,并放在桌上,然后笑着招呼警卫战士:"同志们,一起吃吧,这是我给大家做的团结菜!"

接着,他一再叮嘱:"以后凡是干部来开会,都要和战士们平常一样吃一个菜。"

红米、南瓜、蕨根、辣椒

席间，朱德又语重心长地说："现在我们的生活确实清苦，天天红米、南瓜，但这样一个菜，却把我们井冈山军民团结得像一个人，齐心协力地去对付敌人！"

一个战士接着说："军长前几天还和毛委员一起吃了苦菜呢！"

朱德接过话头说："野菜是很苦，实在是难吃，按照毛委员的话说可是有丰富的政治营养呀，吃了它，我们干革命就不怕苦了。"

袁文才一边吃饭，一边深有感触地说："从古到今，都是将贵兵贱，像我们共产党的军队能这样真正做到官兵平等，是从来没有的事。难怪我们红军能天天打胜仗呢。"

朱德赞赏地说："是啊，我们共产党员无论职务高低，都要始终把自己看作普通一兵，有盐同咸，无盐同淡，这才是我们干革命的任务和目的。以后日子好过了，我们还要一齐艰苦奋斗，去建设社会主义，为后代造福！"

一餐饭时间很快就过去了，但餐桌上洋溢着的团结和谐氛围，久久没有散去。

# 埋在杉树下的一罐食盐

在井冈山斗争时期，由于敌人对井冈山革命根据地实行严密的经济封锁，造成根据地内军民们各种生活物资奇缺，食盐断绝。为此，白区地方党组织想尽办法购买食盐，并通过秘密交通线将盐送至井冈山，供应工农革命军。但由于敌人的封锁，只有少量食盐进入根据地。部队好长时间没有食盐吃，大家都感到四肢无力，连站岗放哨都困难。即便在这样艰难困苦的岁月里，军民依然想方设法攻克难关，并发扬军爱民、民拥军的精神，团结一致坚持斗争。

有一年冬天，红军在外出打土豪时缴获了一些食盐，当即把食盐分发给了根据地的群众。借住在农民李尚发家的红军有一个班，班长看到李尚发家没有盐吃，炒菜时只好用醋，孩子吵着不愿吃这没有盐味的菜，于是从连队拨给他们班的盐里分出一些盐给李尚发送去。

红军送给农民李尚发的一罐食盐

可李尚发横竖不肯接受，连连摇手说："你们拼着命才缴到这点盐，你们自己吃还不够，怎么能……"

“我们是有饭大家吃，有盐大家尝嘛。再说怎能看着你的家人、你的孩子，天天吃淡的呢？收下吧！”

李尚发推辞不过，只好满怀感激地收下这一瓢饱含深情的盐。可他一直舍不得吃，特意找来一只褐色的陶瓷罐把它装起来。

时间转眼到了1929年春天，毛泽东、朱德率领红军主力向赣南、闽西挺进，去开辟新的根据地。敌人窜进井冈山的心腹地带，见人就杀，见东西就抢。李尚发生怕这罐红军送的食盐落到敌人手中，便找到一棵隐蔽的杉树，在树蔸下挖了一个洞，把盐罐藏得严严实实，做上只有自己才知道的记号，这才放心地带着家人进了深山。

在深山老林里，老李一家过着野人一般的生活。平时多是吃草根树皮，有时侥幸能捉到一两只山鼠野兔，也只能没油没盐地煮着吃。

有一次，家里人提醒李尚发：“是不是把红军送的盐挖出来吃？”

可是李尚发却斩钉截铁地回答说：“不能！红军一定会打回来的，苦日子不会太长的！我们再咬紧牙熬熬吧！”

此时对于李尚发来说，那罐里装着的不仅是盐，更是一种信念与希望：共产党领导的红军无论在怎样的环境下都想着老百姓的疾苦，都在为老百姓的利益而奋斗，只有共产党才是广大老百姓的救星，革命一定会胜利，好日子离我们一定不远了。就是这种信念，伴着李尚发经过一场场腥风血雨。

一直熬到1949年新中国成立，李尚发才兴高采烈地跑到那棵老杉树下，小心翼翼地挖出了那罐食盐。从此，李尚发更加把这罐食盐当宝贝，经常端起来对他的儿孙进行鲜活的革命传统教育。

# 小　号　手

宁冈县新城历山村的小谢，才15岁就参加了红军，在军部当小号兵。朱德军长亲切地称他为“小号手”。

每天，天麻麻亮，小号手就跟着号姆（司号长）和其他号兵起床练吹号，要把学过的号牌练一遍又一遍，直到吹落了露水，吹来了太阳，然后才去洗脸吃早饭。小号手本来觉得吹号不光彩，加之初来又很不习惯，特别是才当号兵几天，两片小嘴唇都吹得红肿起来，但还得坚持练，因此不太安心。

有一天早晨，小号手又吹痛了嘴唇。他吹完几个号牌，就坐在茅坪河边休息，号姆当场批评了他。他心里很不高兴，低着头呆呆地望着流淌的河水出神。这时，朱军长从连队看红军战士下操回来，路过这里。他没有听到小号手的号声，就慢慢地向他走过来。

朦胧晨雾中，小号手抬头看出这是朱德的身影，急忙站了起来，左手提着小号，右手行了一个举手礼，带着几分腼腆地说：“朱军长，你早！”

“哦，是宁冈小老表。”朱军长招招手，向他走来，拿起了他左手握着的小号，认真地问道：“能吹吗？”

“吹不好。”小号手觉得朱军长很慈祥，也就无拘束地接着说：“报告朱军长，我不想吹号啦，当兵行吗？”

“为什么呐？吹号不好吗？”朱军长知道小号手是新入伍的。他的眼神落到了小号手红肿的嘴唇上，接着说：“当然，初学吹号确实比较苦。但是，吹号也有诀窍，左边吹痛了换右边吹，两边吹痛了用中间吹。吹的时候还要学会运气，多吹几次就习惯了。这些法子，恐怕号姆同志都给你们讲过吧？”

红军用过的号

小号手点点头答道：“讲过。”朱军长又轻声细语地问：“那为什么不愿当号兵呢？”

“我……”小号手吞吞吐吐。

“现在不是在家当小孩，已经是红军战士了嘛，有什么就说什么吧。”

“前几天回到家里，我娘看见我嘴巴吹肿了，为我难受，爸爸也说吹唢呐、抬轿子是下等事……”

“吹号可不是吹唢呐！”朱军长十分亲热地招呼小号手同坐到一条石头上，进一步跟他攀谈起来：“就说吹唢呐、抬轿子吧，那是土豪劣绅、国民党反动派剥削压迫我们贫困人民，使穷苦人民为了生活被迫给他们做这些事；他们又诬蔑这些苦活是下等人干的下等事，让人瞧不起。但这是地主、豪绅、反动派欺骗人民的鬼话，我们穷苦人自己怎么能也跟着这样说呢？”

小号手细心地聆听朱军长的教导，频频点头。朱军长察觉到小号手有所领悟，更高兴地说开了：“唢呐是我国民间的一种乐器，不能失传。现在红军的宣传队、唱歌队里面，不就有这种乐器吗？它可以成为号召穷苦人民团结起来和反动派做斗争的一种武器哩！将来全国工农翻了身，我们还要办各种剧团，就更少不了这种乐器了。”

“是！”小号手庄重地回答，“朱军长，我明白了！”

“是啊！再说吹号这个工作，那是指挥员的助手，是协助指挥员调动兵马、指挥战斗的。号吹得好，可以大长自己部队的士气，大灭敌人的威风，你将来会更明白的！”说罢，朱军长起身走了。

“将来……”小号手望着这个把温暖和革命真理带给战士的人，望着朱军长宽阔健壮的背影，久久沉浸在幸福的向往里。

这个道理小号手多少天都想不清楚，现在经朱军长一启发，便豁然开朗。有一次，小号手跟随朱军长作战，军号吹得雄浑嘹亮，红军一听气壮山河，势不可挡；敌人闻声丧胆，节节败退。红军又取得一次大胜利，小号手高兴得不得了。

# “工字”银圆救了命

罗荣桓是红四军三一团三营九连党代表。以前的几个月，部队发伙食尾子和零用钱，发的都是银毫子。可红四军成立的这几个月里，大家发到了一块红军自己铸造的“工字”银圆。这种银圆是红军设在上井村的造币厂铸造的。由于工具简陋，铸造银圆几乎全靠乡间打铁用的风箱、火炉、铁锤等工具。工人们先是熔化银子，再冲压成银圆，然后再在上面錾上一个“工”字，象征着这是工农政权自己的银钱。银圆有 8 钱重，银子成色很足，工艺精美。罗荣桓和大伙一样，非常喜欢“工字”银圆。

领到“工字”银圆没过多少天，三十一团奉命在新七溪岭阻击赣敌杨如轩部一个团的进攻。红军据守在望月亭下面 300 米的吊谷上仓一带，利用陡险的石崖反击敌人的仰攻。战斗正在激烈的时刻，忽然“噹”的一声，一颗子弹迎面射在罗荣桓的左胸上。罗荣桓觉得一股不小的推力，差一点把他击倒在地。他站定身，摸了下胸部，从上衣荷包掏出银圆一看，见银圆的中间被打出一个深凹，差一点就要击穿了，拿在手里还感觉到有点热。罗荣桓明白了，正是这块银圆挡住了敌人的子弹，救了自己的命。他把银圆重新放进荷包，又继续投入战斗。

“工字”银圆

从那以后，罗荣桓还真舍不得用这块银圆，什么时候都带在身上。即使长征路上那样艰难困苦，他都将银圆珍藏下来。

新中国成立以后，罗荣桓被授予元帅军衔。他将“工字”银圆捐献出来，陈列在北京中国人民革命军事博物馆。

# 龙江河畔军号响

1928年5月4日,这一天阳光格外温馨,龙市也显得格外明媚。远处的山岭上,美丽的山镇被装点得更加绚丽多姿。东面的沙洲上,一个用许多禾桶、门板搭起来的坚实土台,被无数红军簇拥着。前方红色横幅上写着一排大字:庆祝两军会师和红四军成立大会。

太阳刚刚升起,人们就川流不息地涌向龙市。只见人流中有身穿灰布军装的革命战士,有臂戴红袖章的赤卫队员,有宁冈、永新、遂川、酃县、茶陵、莲花等地的人民群众,他们都整装列队地来到会场。宽阔的沙洲上,红旗漫卷,锣鼓喧天,万头攒动,人山人海。到会的共计两三万人。

上午10点左右,大会开始。

"热烈庆祝两军会师暨红四军成立大会,现在开始!"大会司仪何长工的话音刚落,会场顿时响起一片欢呼声、口号声、鞭炮声、锣鼓声。排列在主席台前的上百个司号员,一齐吹响军号,号音激越嘹亮,军容威武雄壮。

军乐奏过,大会执行主席陈毅宣布:根据红四军军委决定,全体部队改编为中国工农革命军第四军,下辖三师九团。

在雷鸣般的掌声中,军长朱德、党代表毛泽东做了热情洋溢的讲话。

朱德说:"我们党领导下的两支革命武装会师了,这是一件非常值得高兴的大事;但是,敌人却很难过。那么,就让敌人难过去吧,我们不能照顾他们的情绪，我们将来还要消灭他们呢！这次会师，我们的力量扩大了，拥有了井冈山革命根据地，我们就可以不断地打击敌人。只要我们坚持正确的方向，紧紧依靠人民群众，我们的事业一定会成功的！”

毛泽东接着讲话。他指出了会师的伟大意义，分析了部队的前途，随后说道：“现在我们在数量上、装备上不如敌人，但是，我们有马列主义，有广大人民群众，不怕打不败敌人。敌人即使有孙悟空的本事，我们也有办法对付他们，因为我们有如来佛的本事，他们总逃不出如来佛的手掌！我们要善于找敌人的弱点，集中兵力专打这一部分。十个指头有长短，出水荷花有高低，敌人也是有弱点的，狠狠地打一顿，打胜了，立刻分散到敌人背后去‘捉迷藏’。这样，我们就能够掌握主动权，把敌人放在手心里玩。”

会师塑像

接着，参谋长王尔琢代表全军指战员向参加大会的各界群众表示，红四军一定要像叶挺的铁军一样，努力杀敌，保护群众，发展和巩固井冈山革命根据地。

宁冈县委书记龙超清和各界群众代表也在会上讲话，表示要努力搞好地方工作，支援和配合革命军打胜仗。

最后，来自两军的干部战士表演了文艺节目。

大会从上午 10 点一直到下午 1 点才结束。

井冈山会师,开创了湘赣边界“工农武装割据”的新局面,迎来了井冈山根据地的伟大胜利。

# 朱德的扁担

井冈山斗争时期，茨坪人口少，大约只有两千人；耕地少，年产谷不足万担。红军要发展，要守卫井冈山，粉碎敌人的“会剿”，除了军事准备，还有一项重要的工作，就是储备粮食。井冈山这一带为连绵山区，农民多种粗糙的红米；菜主要是南瓜，这种菜方便储藏，可以从夏天一直吃到第二年开春。所以，“红米饭，南瓜汤”成了井冈山斗争时期红军将士们的日常饭菜。

为了储备足够的粮食，边界党组织决定，由山下的地方政府负责筹集粮食，红军挑粮上山。

从井冈山下的茅坪到山上的茨坪，有 50 多里崎岖山路，还要翻越海拔 1300 多米高的黄洋界。每当挑粮这天，红军中所有将士都踊跃参加。天刚亮出发，赶到运粮点，用箩筐挑，用布袋装。装好粮食就往山上赶，要到天黑才回到山上。

朱德那时候已经 40 多岁了，是红四军的军长，军政事务很忙，大家都劝他不要翻山越岭挑粮。可是劝不住，他坚持同战士们一起，往返百里山路挑粮。战士们担心累坏了朱军长，就想了一个点子，让一个战士偷偷地把他挑粮的扁担藏了起来。

朱德发现自己的扁担不见了，知道战士们的用意，就用毛竹再做了一根，并用毛笔写上“朱德的扁担”几个字，用这根扁担挑着满满两箩筐粮食，又出现在红军挑粮的队伍中。路过黄洋界休息时，朱德笑着对战

朱德用过的扁担

士们说:“你们以后要再‘偷’我的扁担,我可要批评你们了。”战士们哈哈大笑。从此,朱德的扁担再也没有人“偷”了。

连党代表朱良才还编了一首歌:“朱德挑谷上坳,粮食绝对可靠。大家齐心协力,粉碎敌人‘会剿’。”

# 熬 硝 盐

井冈山斗争时期，国民党对根据地军民实行了长期的经济封锁政策。5000 多名红军在井冈山，吃饭是个大问题，尤其是长期缺盐，战士们每天尝不到咸味，见了清水煮野菜就恶心，身体日益虚弱。这样下去，别说打仗，就连爬山过岭都不行。怎么办？

朱德军长为此犯愁了。他找一些当地老人请教，看如何解决这个问题。“盐这东西是个海物，这儿怎么找到海呢？”几位老人也爱莫能助，不住地摇头。

战士们不能总不吃盐，得找到办法解决！朱德军长仍不灰心。

“活人嘛，哪能给尿憋死？办法总是有的。”这时一个瘦小的老人说道。他名叫唐世仁，已经 70 多岁了。

“啊，是唐老倌！”朱德急切地问，“你看有啥法子？”

唐老倌说：“家家都有墙根、便池，那些地方不是常常会渗出一层白碱吗？这白碱可是好东西，能熬硝盐呢！”

“咋个熬法？”朱军长又惊又喜地问。

“这也简单，”唐老倌不紧不慢地说，“把刮下来的白碱放在水里搅一搅，等土渣沉淀了，再把碱水放在锅里熬，熬干了，不就是盐吗？”

“好啊！你当我们的熬盐军师吧！”朱德高兴地说道。

第二天，战士们就干起来了。到老表各家刮碱土，再把刮过的墙皮用新泥补好。不少老表也主动将白碱送来。

熬盐开始了！战士们把碱土铲到大木桶里，然后往桶里倒七八担水，拿根木棒来回搅拌，一直搅得桶里的水起了白泡沫。

盐罐

等土沉淀后，唐老倌又叫大家把碱水隔着一块布过滤到大锅里。

火烧起来了，碱水在大锅里沸腾着，越熬水越少，最后随着吱吱的响声，热气也没有了，只见锅底白花花的一片。唐老倌拿起一把大铲，往锅里一磕，再一敲。嘿！一层银花花的东西与锅底分开了，用手指沾一点尝一下，是盐啊！四周响起一片欢呼声："朱军长，咱们有盐啰！"

根据地断盐的难题，就靠这样的土办法基本解决了。

# 井冈山上的产房

曾志

1928年4月，湖南宜章第一名女共产党员曾志，年仅17岁便跟随朱德、陈毅走上了井冈山。此时的她，有孕在身。当她来到小井红军医院担任党支部书记的时候，产期越来越近了。

11月的井冈山，弥漫着山区特有的严寒。那位被称作毛大嫂的老乡和乡亲们一起，早早地为曾志用杉树皮搭了一个棚子，用竹子编了一面墙、一扇门和一张床，在床边搭了一张案板，又做了一张凳子，尽量让曾志少受风寒。她躺在这用竹墙和竹门围起来的小角落里，听到屋外北风呼呼的号叫，想到这就是她即将迎来新生命的产房，心中感到一阵阵温暖。

曾志的肚子开始疼痛起来，足足痛了三天三夜，才产下一名男婴。这段经历给她留下了永不磨灭的记忆。

曾志后来回忆："后方留守处没有人会接生，只好由原宜章农民协会委员长杨子达的爱人来帮忙。她在广东学过几天护士，但她对接生也是一窍不通的。照理生完孩子人很虚弱应该让产妇休息，但她不是这样，而是按着我的肚子使劲地揉，结果肚子里的血水止不住地一直往外流。我昏死了过去。多亏了毛大嫂，找来中药房的医生，用土方法让我苏醒了过来。然后再用姜汤和乌鸡白凤丸一点点地喂我，使我恢复过来。但由于下面流血不止，半个小时以后，我又昏死过去。她们又用老办法让我恢复过来，这样反复折腾了好几次，到第二天才平静下来。孩子生下来后，我的身体十分虚弱。不久我又得了'奶疮'（乳腺炎），疼痛难忍，高烧不退。后来用中药'天星子'敷在乳房上，拔了脓头，高烧才退去。"

"有一次我在高烧中，没有奶水，孩子饿得直哭，我勉强爬起来，泡点白糖水喂孩子。结果孩子喝了后哭得更凶，脸色发青。我一尝，原来白糖水泡成了盐水。那时孩子生下不到一周，喝盐水会把肠胃烧坏，好在喝得不多，后来再重泡了点糖水喂下，总算停止了哭泣。可是接踵而来的是'产褥热'，持续高烧不退。后来吃了一位中医开的凉药，高烧是压了下来，但身体愈加虚弱，动则冷汗淋漓，双腿麻木沉重，不能下床行走。幸亏邓允庭主任略通医道，开了几贴温补调理的方剂，才慢慢地好转。"

曾志的这段回忆，是艰苦卓绝的井冈山斗争生活的真实写照。

# 白军俘虏兵当红军

在井冈山斗争时期,有一个红军三次释放敌军俘虏兵的故事。

有一个叫曹福海的战士,原来是国民党军杨池生部的士兵,在永新战斗中被俘。当时,红二十八团一营四连连长杨至诚动员他参加红军。从谈话中,杨至诚知道曹福海也是个受剥削的农民,是被国民党抓来当兵的。于是,杨至诚把红军的性质和任务向他讲了一番,最后问他愿不愿意参加红军。一提起红军,曹福海又变了脸色,因受国民党"红军抓到俘虏要剥皮抽筋"的欺骗宣传的影响,他说什么也不干,还说了一些什么"长官积德""救我全家"之类的话。杨至诚又问别的俘虏,他们也苦苦哀求,就是不愿意当红军。

尽管红军的生活非常艰苦,药品缺乏,但还是优待俘虏,尽量让他们住得舒服,吃得满意,带伤的还一律给予治疗。临走那天,团里还开了欢送会。会上,团首长向他们说明了天下穷人是一家、放下武器是兄弟的道理,希望他们回家之后,种田的种田,做工的做工。如果仍是当白军,再和红军打仗,枪口不要对着自己的兄弟。因此,按红军部队规定,他们每人领了几块钱路费回去了。

可没过多久,在七溪岭战斗中,曹福海再次被俘。杨至诚在俘虏群中看见了曹福海,又问他是否愿意参加红军,他还是不愿意。杨至诚心想,一回不行两回,于是又发给曹福海路费,给他开好路条,把他送走了。

随着井冈山根据地的不断壮大,敌人的“进剿”也更加频繁。不久,杨池生和杨如轩的部队又来了。双方在七溪岭一接触,就有大批敌军拖枪跑到红军这边。其中就有曹福海,他竟拉了十四五个白军士兵拖枪投奔红军。他对杨至诚连长说:“你们红军官兵平等,不打不骂,谁愿在白军那挨打受气?”杨至诚把这件事向上级汇报后,便把他们编到了班里。曹福海加入红军后,仿佛进入了一个新的世界,在各方面都表现得非常积极,战斗勇敢,很快当了排长。“红军像一个大火炉,俘虏兵过来马上就熔化了。”俘虏成为红军的重要兵源。

七溪岭

1929 年 1 月,曹福海随红四军主力下山,奔赴赣南闽西,在大庾战斗中光荣牺牲,成为革命烈士。

# 赔　　壶

1928年，一个狂风大雪的冬天，朱德和普通战士一样，身穿两件单衣，每天在风雪里奔波，或部署战斗，或指导操练，或检查哨口。由于衣着单薄，辛苦劳碌，他的手和脚都生了冻疮，肿得好高。

军部的传令兵小何看在眼里，急在心里。他想起自己以前在家里时因为生冻疮，母亲晚上给他烧好热水，烫脚时用煨热的萝卜轻轻擦冻疮，很有疗效。于是，他在洋桥湖军部隔壁的林大娘家借来一个烧水用的陶瓷茶壶，并要了几个生萝卜，早晚都放在火边煨，烧好开水，叮嘱朱军长睡觉前擦洗冻疮。朱德每晚都“遵命而行”。

一天晚上，北风怒号，雨雪交加。朱德和二十八团的几位干部围着八仙桌研究问题。夜已深，小何依然没睡，守在一边打瞌睡。朱德就叫小何先去睡觉，他起初不肯，直到朱德让他把茶壶放在热灰里煨好，才走出房门去睡觉。

朱德用过的茶壶

半夜过后，朱德送走了二十八团的那几位干部，来到火边，边烤火边思考问题。由于几天来一直熬夜，没休息好，烤着烤着，眼皮一搭，打起了瞌睡。突然他一惊，脚一伸，“呼”的一声，灰尘四起，原来他伸脚时不小心碰翻了陶壶，陶壶打在火里破碎了。

第二天清晨，小何看见破碎的陶壶，不知是怎么回事。朱德对他说：“我昨夜不小心碰倒陶壶打坏了，你等下出去看下，能不能买到一个同样的陶壶回来。”

等小何再次回到军部时，朱德见他两手空空，就知道没有买到。于是，他从口袋里掏出几个银毫子，对小何说：“你去向林大娘道个歉，把这几个银毫子赔给林大娘吧。”小何不肯收，坚持要自己来赔。朱德拍拍小何的肩膀说：“这壶是我打坏的，就该由我来赔，改日我再向林大娘当面道歉。”小何见朱德如此认真，知道拗不过他，接过银毫子，向林大娘赔壶去了。

# 红军的台是垮不了的

1928 年 12 月 11 日，红五军主力 800 余人，由军长彭德怀，党代表滕代远率领，经过 3 个多月的艰难转战，终于到达井冈山，实现了与红四军会师的目标。

当天，是个难得的晴天，太阳照在人们身上暖洋洋的。在新城西门外晒干的稻田里，举行了庆祝两军会师的大会，到会的军民少说有两万多人。两支部队的战士们全副武装，抬着重机枪和迫击炮，威武雄壮地进入会场。会场上已经用门板、禾桶搭起了一座台子，两边扎着彩楼。彩楼中间贴着一副引人注目的对联，这副对联是陈毅拟就的，上面写道：

在新城，过新年，欢迎新同志，打倒新军阀；

趁红光，当红军，高举红旗帜，创造红世界。

上午 10 点，毛泽东、朱德、彭德怀等两支部队的军政负责人，还有宁冈县各界民众的代表，陆续走上主席台。突然间，"轰"的一声，会台的左角倒塌了，几块门板落在地下，好在没有砸到台下的军民。

这一下真是大煞风景，引起了台下的一片混乱，呼喊声、埋怨声，什么都有。"真是糟糕得很，坏了好兆头。"

"唉，倒台——不是要垮台吗？太不吉利了！"

在台上的朱德听见台下的议论声，他马上跨到台前，向人们挥了挥

宁冈新城

手，带着笑意高声地说："同志们，不要紧的，台子没有搭牢嘛，重新把它搭好就是了。方才有的同志讲什么这不是好兆头，这话不对头嘛！我们红军的台，无产阶级革命的台，怎么会垮呢？那是垮不了的！"

朱德的话音刚落，台下不少人立刻群起响应："对，朱军长说的对，红军不会垮台！"

朱德又向台下的军民点着头，说了句："来，这就动手，将台子搭好。"说完向后台走去。

朱德的一番妙语，化解了"倒台"的窘境。不一会儿工夫，坍塌的会台一角重新架好了，大会正式开始。两军的胜利会师，增强了井冈山根据地的革命力量。

# 双枪女将伍若兰

在井冈山，有一位传奇女将，名叫伍若兰。她出生在湖南耒阳一个开明的知识分子家庭，后在衡阳省立第三女子师范就学。她思想进步，年少时就同情劳苦大众，反对封建迷信，追求妇女解放。1925年加入中国共产党，积极投身农民运动，宣传革命道理。她编写了一首歌谣："如今世道太不公，富的富来穷的穷，富人高楼饮美酒，穷人赤膊喝西风。"歌谣通俗易懂，引导劳苦大众明白事理，走上革命道路。

伍若兰

在耒阳，伍若兰是个能文能武的传奇人物。她白天练习射飞鸟，晚上点香练瞄准，练得一手百发百中的好枪法。1928年2月，湘南起义时，朱德的队伍进驻耒阳城，需要当地熟悉情况的同志随军做宣传工作，时任苏维埃政府妇女部部长的伍若兰被调到了工农革命军第一师政治部。伍若兰有胆有识，特别善于做群众工作。在她的宣传鼓动下，耒阳的穷苦百姓踊跃参加红军，几天时间就招了一个营的新兵。那时红军供给困难，当地老百姓又非常穷，新兵营大部分战士打着赤脚，朱德心里非常着急。伍若兰知道后，立即发动组织妇女打草鞋，几天之内，就让600多名战士穿上了新草鞋。

在共同的革命斗争中，朱德和伍若兰相爱了，结为革命伴侣。1928年4月底，伍若兰随朱德上了井冈山，在红四军军部担任宣传队长。伍若兰打起仗来十分勇敢，在井冈山的多次战斗中，伍若兰同朱德并肩作战。她能左右开弓，双枪并发，号称“双枪女将”。

有一次，伍若兰带着两名女宣传队员在红区和白区交界的村子里写标语，准备返回部队时被敌人发现了。十几个“白狗子”看见只有3个女红军，哇啦哇啦地叫喊着：“抓活的！”伍若兰从腰间拔出双枪，“啪啪”两声，就把前头的两个家伙撂倒了。不等敌人回过神来，又是“啪啪”两声，再击毙两个。后面的敌人吓得急忙调头逃跑。

1929年1月，伍若兰随部队离开了井冈山。她把分配给自己的马匹让给体弱的女战士骑，自己则头戴斗笠，脚穿草鞋，一边行军一边向群众做宣传工作。2月2日，天还未亮，部队宿营的圳下村被敌军包围，枪声大作，情况十分危急。伍若兰手持双枪，紧随朱德，一路同敌人拼杀。圳下村村口不远处有一座小桥，那是突围的唯一出口。眼看敌人的包围圈越缩越小，伍若兰再三催促朱德快走。为了引开敌人火力，她手持双枪，向敌人猛射。朱德在警卫员的掩护下刚冲过小桥，桥头便被敌人火力封锁，伍若兰不幸中弹被俘。

抓住了伍若兰，敌人高兴得手舞足蹈，专门向蒋介石发电邀功请赏。他们妄图从伍若兰身上挖出共产党的重要机密，对她吊打、灌辣椒水、踩杠子，用尽了种种酷刑，但伍若兰宁死不屈。2月12日，伍若兰在江西赣州英勇就义。

# 张子清献盐

张子清是工农革命军第四军第十一师师长。在日常生活中,他和蔼可亲,平易近人;在战场上,他英勇善战,足智多谋,深受战士们的敬佩和喜爱。

1928年4月,为迎接朱德率部队到井冈山会师,张子清指挥一团在酃县城北阻击敌人时,一颗子弹打中他的左脚踝,子弹钻得很深。当时医院没有手术设备,也没有麻药,连碘酒都很少。在张子清的要求下,第三天,在没有麻药的情况下,医生给他开了刀,但还是没能取出子弹。后来,张子清从茅坪转移到小井红军医院。在这里,仍然没有任何麻醉药品。他先后动了3次大手术,遗憾的是,由于没有手术设备,子弹始终没能取出来。由于3次开刀后流血过多,又没消炎药,伤口感染发炎溃烂。为了避免更大范围的感染,医生们只好不断地将腐肉除去,每次去腐肉的过程都会让张子清痛得满头大汗。

在一次战斗中,我军缴获到敌方的一批食盐,将其中一部分分发给严重缺盐的当地群众后,战士们首先想到的是伤痛煎熬中的张师长,于是就用油纸包了一小包送给他。

张子清清楚地知道, 在敌人严密的经济封锁下, 这一小包食盐的“金贵”程度,它可以是根据地一户人家吃上几个月的量,也可以是整座医院所有伤员擦洗一遍伤口的量。他用手轻轻地抚摸了一下自己的伤腿,将这包食盐塞到了枕头下面。

张子清

不久后，敌人对井冈山革命根据地又发起一轮猛攻，小井红军医院里的伤员骤然增加。而用于消炎的食盐严重缺乏，很多伤员因伤口得不到有效控制而恶化，医生和护士们万分着急。张子清从昏迷中苏醒过来,听说了这个消息,立刻从枕头下取出那一小包食盐，将医生叫到自己的病床边，说:“请你把这包食盐全部化成盐水，给所有的伤员擦洗一遍伤口。”医生听了连连摆手说:“不成,医院上下,就数你的伤情最严重,你是最需要这些食盐的。”但张子清执意要将这些食盐全部捐献出来。医生护士们都拗不过他,只好流着眼泪将这些食盐全部化成盐水,为所有的伤员擦洗了一遍伤口。

1930 年春,张子清终因医治无效逝世,终年 29 岁。他的遗体安葬在永新城郊风景秀丽的东华岭上。出殡那一天,上千军民为他送行。

# 聂槐妆送盐

1928 年 5 月，聂愧妆参加了革命工作，担任了茅坪乡工农兵政府妇女委员。陈毅赞扬她是“妇女工作的模范代表”。

1929 年 1 月底，第三次反“会剿”失利后，原来扼守在黄洋界哨口的红军因失守而隐蔽在山林中，有半数以上是伤员。在这种情况下，连队最缺的就是盐。伤病员除了食用需要盐外，清洗伤口、给伤口消毒同样需要盐，没有盐不少伤病员性命都难保。

为了解决红军缺盐的问题，当地群众曾千方百计地把食盐送上山去，他们把盐藏在竹筒内、货郎担里、篮子底下、双层底的水桶底内等，但都一一被敌军识破。敌人越查越严，不少群众为红军秘密送盐而惨遭杀害。

得知红军缺盐，聂槐妆非常着急，冥思苦想一番后，她终于想出了一个好办法。她首先把盐化成盐水，然后把一件新棉夹衣浸入盐水中，待衣服充分湿透后再把它烘干。不久，聂槐妆穿着晾干后的夹衣，罩上一件新外套，装扮成走亲戚的农村妇女，挎着一个装有一些山货的竹篮上山了。

聂槐妆的沉着镇定，使她顺利地通过了敌人的一道道关卡，来到了红军的隐藏地。她脱下夹衣，要战士们把它放在锅里用水浸泡、煮沸，然后把棉夹衣拿出来，再将锅里的水慢慢烧干。当锅底的水都蒸发后，留在锅底的是一颗颗晶莹的盐粒。聂槐妆送上山的食盐，解决了红军用盐的燃眉之急，不少战士的性命保住了，体力也很快得到了恢复。

这次巧妙送盐上山的成功，使聂槐妆信心倍增。她用同样的方法又给红军战士送了两次盐。

可是，当聂槐妆第三次送盐上山返回家时，引起了国民党官兵的怀疑。一个月内，聂槐妆多次上山走亲戚，敌人觉得不合常理。他们抓住聂槐妆后，对她进行搜查却毫无结果。敌人将她押解到李家祠堂，用各种残酷的刑具对她进行严刑拷打。聂槐妆坚贞不屈，毫不动摇，最后壮烈牺牲，牺牲时年仅 21 岁。

聂槐妆送盐古道

# 吴月娥跳崖

1927 年 10 月，毛泽东率领的工农革命军进入井冈山，开始创建井冈山革命根据地。16 岁的吴月娥像大人一样积极投身革命，担任了荆竹山乡的少先队队长，领着一群少年儿童站岗、放哨、查路条、侦察敌情、看护伤病员。1928 年 6 月起，吴月娥成为乡工农兵政府的交通员。

吴月娥牺牲地远景

1929 年 1 月 30 日，湘赣敌军攻占了井冈山。红五军连夜突围冲向赣南，在各个阵地参战的赤卫队和群众，按照特委的布置躲进大山避免敌人的屠杀。接连很多天，吴月娥每天几次穿行在大井——茨坪荆竹山的密林小路上，传递乡工农兵政府与边陲区工农兵政府的联络信件。有两次在半路上遇到敌人,幸亏她眼尖发现得早,手脚又利落敏捷,机警地避开了敌军。

这天下午,吴月娥从下井返回荆竹山,走到一座山坳时,竟在坳顶与敌军相遇,被敌人抓住了。

敌人押着吴月娥,要她带路去搜捕其他红军战士。吴月娥早已抱定临死不屈的决心,领着敌军走了一个多小时,登上了一座险峻的山峰。山峰的另一侧是一片悬崖峭壁,悬崖的另一端是可以听见溪流哗哗流淌的深谷。一到山顶,敌军就发现情形不对,敌军连长正要发问,吴月娥突然扑上前,两手紧紧地抱住了他,然后用尽力气向悬崖边上猛推。敌连长没有料到这一招,竟被推到了崖边,与抱住自己的吴月娥一同掉下了悬崖。就这样,吴月娥,这位大山的女儿,带着对工农革命的无限忠诚,投向了大山的怀抱,壮烈牺牲。

# “革命成功万岁”

1929年5月3日，井冈山根据地莲花县城的一条街上，荷枪实弹的国民党“靖卫队”押来了两个浑身血迹、五花大绑的人。女的叫颜清珍，是中共莲花县妇女部部长；男的叫刘仁堪，是中共莲花县县委书记。他们是前些日子在一个偏僻的村子里检查工作时，因叛徒告密而被捕的。

街上的群众，有不少人认识这两位共产党人，尤其是刘仁堪，他有多个身份：私塾先生、郎中、文明戏演员。后来，越来越多的群众知道了，这位待群众热情、常常向他们传播革命道理的先生、郎中、演员，是一位共产党人，而且是这个县的“大官”——县工农兵政府主席、中共莲花县县委书记。

国民党莲花县县长得知刘仁堪被捕后十分高兴，亲自跑到监狱劝降。他对刘仁堪说：“如果你交出全县共产党组织的名单，交出独立团的枪支弹药，荣华富贵就在眼前。”

刘仁堪看了一眼这个国民党的县长，冷冷地说：“想在我这里得到什么，你是痴心妄想！”

敌人见软的不行，就来硬的，对刘仁堪严刑拷打。刘仁堪仍然没有屈服，对党的机密守口如瓶。

各种手段用完，敌人一无所获，无可奈何，只得使出最后一招：把刘仁堪和颜清珍押赴刑场枪毙，从肉体上消灭这些共产党人。

刘仁堪和颜清珍一路上喊着口号，大声地向沿途群众宣传推翻反

刘仁堪

动统治的革命道理:“乡亲们，国民党这些害人魔王猖狂不了多久，红军一定会打回来的！”

敌人害怕了，本来想借游街示众之机灭一灭这些共产党人的气焰,没想到反而给了他们一次宣传革命道理的机会,便立即喝道:“住口！你还在煽动民众,你知道今天是什么日子吗？”

刘仁堪毫不畏惧地回答:“我晓得你们要杀人了。我告诉你们,革命的人民是杀不尽的,井冈山的革命星火是扑不灭的！”敌人恼羞成怒,残忍地将刘仁堪的舌头割掉,让他无法出声。

敌人把他们两人押到一张桌上示众。刘仁堪张了张嘴,喉咙只发出了几声咕噜声。舌头没有了,已经说不出话来了。鲜红的、带着体温的血不断从刘仁堪的口中涌出，一滴滴流下，脚边上已经是好大一摊鲜血了。

刘仁堪看着围观的乡亲们,用脚趾头沾着鲜血,写下了“革命成功万岁”六个鲜红的大字,英勇就义。

# 贺页朵的入党誓词

在井冈山革命博物馆,保存着这样一份入党宣誓书:从右向左竖行排列着6句话:牺牲个人、严守秘密、阶级斗争、努力革命、服从党旗、永不叛党。左右两边画着两个不规则的五角星,五角星内画有镰刀与斧头,两个五角星的五个角内各写着"中国共产党",宣誓书的上方写着中国共产党的英文缩写"CCP",右方边沿落款是:"地点北田村中国共产党员贺页朵。"

宣誓书的主人贺页朵,1886年出生于江西永新县才丰乡北田村的一个贫苦农民家庭。

1927年,毛泽东同志率领秋收起义部队上了井冈山,开展了轰轰烈烈的革命斗争。此时,年已41岁的农民贺页朵满腔热情、义无反顾地投身于这场革命运动之中,并担任了乡农民协会副主席。

贺页朵把自己的榨油坊作为红军的联络点,建立了地下秘密交通站,负责收集和传递情报,并作为运送伤病员、转运食盐等物资的驿站。同时,他还多次参加了攻打永新和吉安的战斗。根据他的出色表现和申请,永新县东南特区党委决定同意贺页朵加入中国共产党。

入党宣誓是在他工作的榨油坊进行的。在桐油灯光的照耀下,他在一块红布上写下了"牺牲个人、严守秘密、阶级斗争、努力革命、服从党旗、永不叛党"6句入党誓词,并在布片顶端写下了"CCP"3个英文字母。他识字不多,在这张布质的入党宣誓书里,24个字中别字就有6个,但

贺页朵入党誓词

这并不影响他对党的忠诚和对革命胜利的信念。

1934 年红军主力长征后,他因身负重伤留下来坚持斗争,在国民党反动派的白色恐怖下与党组织失去了联系。他冒着生命危险将入党誓词藏在榨油坊的屋檐下。

1949 年 8 月,永新解放,贺页朵取出珍藏的入党誓词布对家人说:“我入党时,介绍人反复嘱咐,宁愿杀头,也不能告诉任何人。从入党到解放有 10 多年了,我没有告诉你们,因为这是党的机密啊!”1951 年,中央派慰问团到南方老革命根据地慰问时,贺页朵将这份珍贵的入党誓词亲手交给慰问团负责人,后经中宣部转存至中国人民革命军事博物馆。后来,井冈山革命博物馆复制陈列了这份珍贵的革命文物。

# 巧布竹钉阵

1929年1月红四军主力下山以后，国民党将士何键率总部从萍乡移至莲花，亲自督战湘赣两省各路“会剿”军队，共10余团兵力，采取“四面围攻”的战术，以湖南方面为主攻，凭借优势兵力，向黄洋界、八面山、桐木岭三大哨口发起了猛攻。红五军四、五纵队和红四军三十二团在彭德怀、滕代远指挥下进入了阵地，肩负起守卫井冈山的任务。

守山红军总共一千多人，而敌人有三万之众。五纵队长李灿和三十二团一连连长徐彦刚带着200多人扼守黄洋界哨口，全军上下不分官兵冒着鹅毛大雪赶修工事。李灿一边检查布防，一边熟悉地形。

忽然听到一个战士说：“我们人少，子弹又不足，就凭工事能消灭进攻的敌人吗？”

那战士刚说完，抬头看到李灿站在面前，忙拉着他的手说：“纵队长，我们枪弹少，用什么方法守住山？”

李灿跳下工事笑着回答：“当然有办法，不过办法不会从天上降、地上生，要靠同志们动脑筋想。”

旁边有个战士突然叫道：“我有办法，布上电网，把进攻的敌人一个一个电死！”

其他人都说：“你这是空想！”而李灿同志却说：“这也是办法，虽然电网搞不成，总有别的方法可行。”

狂风卷着大雪越下越大，李灿什么也不顾，只是仰着头往前走，并

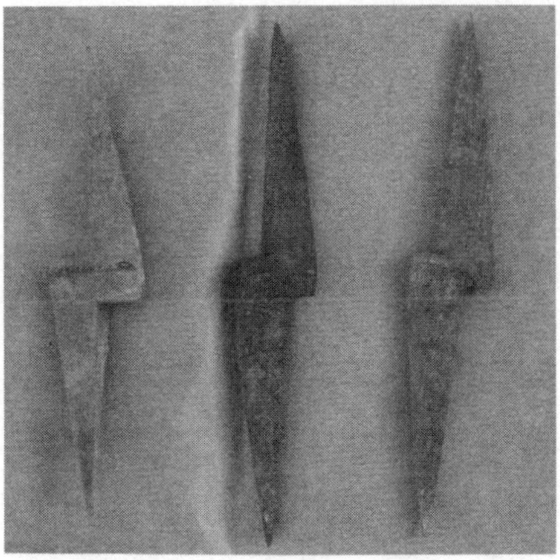

竹钉

喃喃地说："子弹少，电丝网。"

"哎呀！"李灿突然叫了一声，低头一看，是一根竹刺。李灿竟忘记了疼痛，兴奋地叫起来："有电网了，有电网了！"他连蹦带拐地跑回营地召集大家开会研究，提出用竹钉代替电网的办法。三十二团一营一连的战士多是袁文才部下，他们听了都说行，因为在家打野兽也用竹箭射。但竹箭要加工，必须烤干，再用马尿、人尿浸过后，杀伤力会更大，以前战斗中也曾使用过。

消息传出，井冈山的群众都发动起来。于是，大家用刺刀、马刀、菜刀、柴刀等开始了一场削竹钉的运动。

正在大家热闹非凡地赶制竹钉时，彭军长来了，当他了解到削竹钉的用意后，连连称赞说："这个办法想得好，真是发挥了我们工农兵的智慧，你们的竹钉阵，越多越好！"

第二天白银湖、桐木岭的部队也开始削竹钉。几天工夫，在红军阵地前沿都密密麻麻钉满了竹钉，井冈山的山腰，增加了一道两里路宽、二十多里长的竹钉子防线。

最早向黄洋界、八面山进攻的敌人，是湖南军阀吴尚指挥的两个师。红军战士在战壕看着敌人又吹号又打枪并气势汹汹地喊叫着："快上！""快爬！"当敌人爬进竹钉防线时，就慢下来了。有的人脚被刺穿，有的敌兵想坐下来捂伤口，屁股又被刺出血。湘军中士兵穿的是草鞋，军官穿着的是皮鞋，军官不知道士兵吃了竹钉的苦头，只是举着枪喊：

“后退的就枪毙！”当敌人爬到红军的射击圈内，李灿发出信号，一枪先干掉一个敌军官，接着全面开始反击。敌军大乱，有的哭，有的喊，狼狈不堪地退了下去。

守山部队从 27 日至 29 日，浴血奋战了三昼夜，击退了敌人的多次进攻，守住了阵地。

# 中央苏区故事

# 贺 龙 入 党

1927 年 8 月 1 日，周恩来以中共中央前敌委员会书记的身份领导了南昌起义。8 月 26 日,南昌起义军进占了瑞金城,中共前敌委员会等领导机关驻扎在绵江中学。在瑞金期间,贺龙再次向第三师师长周逸群提出了加入中国共产党的申请。

“逸群同志,我又写了一份入党申请书,请你转交给党组织,恳请组织考虑我的申请,我愿意接受组织对我的考验。”贺龙十分恳切地说。

周逸群双手接过贺龙递过来的入党申请书,说道:“你放心,只要够条件,时机一到,组织会考虑你的请求的。”

此前,贺龙已多次提出入党申请,却屡遭拒绝。

到达瑞金后,周逸群觉得贺龙已经达到入党的条件了,就及时把这个情况报告给前敌委员会书记周恩来。根据贺龙的强烈要求和现实表现,周恩来向前敌委员会提议讨论贺龙入党的问题。周恩来动情地说:“贺龙自起义到近几次战役,都能与党同心同德,表现了与党真诚合作的精神,而且他本人已数十次提出入党要求,党应当考虑接纳他了。”前敌委员会一致同意周恩来的提议,批准贺龙入党。

9 月初,在瑞金绵江中学的一间教室里,前委举行了贺龙的入党仪式。周恩来亲自主持仪式,他深情地说:“贺龙同志是一位好同志,是一位坚强的同志,他的入党是我们共产党中的一大幸事。我们热烈地欢迎他加入！”

贺龙激动不已，热泪盈眶，面对鲜红的党旗，缓缓地举起右手，庄严地向党旗宣誓："我指挥的军队是党的了，我的脑壳也是党的了，党就是我的生命。"从此，贺龙把毕生的精力和心血都奉献给了党和人民，历尽艰险，矢志不渝。

贺龙入党宣誓旧址（瑞金绵江中学）

# 萧华智取情报

1928 年冬的一天,兴国县国民党警察局正在审案。这时,一个背着书包负有特殊使命的男孩正在看过堂。他叫萧华,是个 12 岁的学生。

原来这天上午,萧华在县城大街的一个斜巷口等待红军交通员来接头。快到中午,交通员还没有到。萧华正焦急,突然看见警察押着一个人过来,这人正是萧华要等的交通员。那人经过巷口时,瞅了萧华一眼,突然开口骂道:“小家伙,爷爷有什么好看?还不快回家。”萧华机智地回敬他说:“土匪你不要凶,等下有你好看!”说罢,他转身跑去跟中共地下县委书记胡灿汇报。胡灿稍一思索,命令他快去警察局看过堂。

萧华赶到警察局,发现门口加了双岗。他走过去时,警察喝道:“滚开!局长有令,今天不许闲杂人等进去。”萧华知道今天不能硬闯,便低着头想主意。

不久,靖卫团总带着几个劣绅往警察局赶来。萧华灵机一动,急忙跟上去。两个看门警察点头哈腰地跟团总打招呼,没有注意萧华。

萧华来到大殿,只见警察局长大声喝道:“给我搜!”一个警察上前把交通员搜了一个遍,只找到一张毛边纸。警察局长和靖卫团总把折成条子的毛边纸拆开细看,没有一点字迹。一个警察说:“局长,这纸说不定是赤匪用药水写的密信呢,放进水里一浸就能显字。”警察局长吩咐打来一盆水,把纸放进去,纸上还是没有一个字。交通员大声笑道:“那是我的手纸,你们闻出味来没有?”警察局长气得把水盆往墙角一踢说:

萧华故居(兴国潋江萧屋村)

“给我上刑!”

萧华看着交通员受刑,心里非常难过。他看看墙角的纸片,心里琢磨着下一步的计划。他把书包留在那里,悄悄离开去向胡灿汇报。胡灿听完他的叙述,沉默片刻说:“他是个坚强的同志,你一定要想办法把那张毛边纸拿回来。”

不一会儿,萧华拎着一篮花生来到警察局门前说:“老总,刚才我看过堂时把书包忘在里面了。”一个警察说:“让小兄弟去拿一下吧!”另一个警察回应道:“快去快出来!”

萧华飞快地跑进空无一人的大殿,那张浸过水的毛边纸还静静地躺在墙角。他迅速地把纸片放进书包,大摇大摆地走了出来。

胡灿拿到萧华送来的毛边纸,涂上药水,立即显出字迹,是红二团配合兴国县城暴动的计划书。1928 年 12 月 20 日凌晨,兴国暴动如期顺利举行。

# 大柏地战斗

1929年1月14日，毛泽东和朱德率红四军主力离开井冈山根据地，踏上转战赣南的艰难行程。2月8日，红四军到达瑞金城外。国民党军刘士毅部率两个团尾追而来。2月9日，红四军抵达瑞金北部的大柏地。

大柏地有一条10余里长的峡谷，山高林密，是打伏击战的好场所。

国民党军穷追不舍。红军指挥员纷纷向军部请战，誓与追敌刘士毅部"决一死战"。毛泽东主持前委扩大会议，认为可以在大柏地打伏击战，决定布置成长形"口袋阵"，以主要兵力埋伏在瑞金通往宁都的高山茂林中，以一部分兵力引诱刘士毅部进入伏击圈。当晚，红军各部分别进入预定阵地。

大年初一下午，红军一部把刘士毅部两个团诱进"口袋阵"底部，东、西侧伏兵向后迂回出击，扎住"袋口"。朱德见时机已到，一声令下，红军各部向敌军一齐发起猛攻。尽管红军缺乏弹药，体力疲惫，但还是拿起刺刀、枪托、石头同敌军战斗。朱德带队冲在前头。平时很少摸枪的毛泽东，这时也提枪带着警卫排向敌军阵地冲锋。鏖战至第二天下午，红四军获得战斗的胜利。

大柏地战斗大捷，是红四军主力下井冈山以来的第一次大胜仗。红四军解除了后顾之忧，士气高涨。赣南革命群众闻之，无不拍手称好。大柏地战斗大捷，成为红四军开辟赣南、闽西苏区的奠基石。

1933年夏，毛泽东再次经过大柏地时，凝望前村墙壁的累累弹痕，环顾四面苍翠的群山，当即写下了《菩萨蛮·大柏地》词一首：

赤橙黄绿青蓝紫，谁持彩练当空舞？雨后复斜阳，关山阵阵苍。当年鏖战急，弹洞前村壁。装点此关山，今朝更好看。

大柏地战斗遗址

# 毛泽东赔钱

1929年3月,毛泽东、朱德率领红四军离开广昌向石城行进,6日,途宿驿前街。在红四军的宣传教育下,驿前街的群众很快被发动起来。当晚,他们手执锄头、扁担,肩扛大刀、长茅,云集起来,高呼“农民暴动起来”“打倒土豪劣绅”,一齐向大劣绅、地头蛇赖希贤家涌去,赖希贤闻风而逃。愤怒的群众在他房屋里点了一把火,顿时火焰冲天。不巧,火势向邻居房屋蔓延,尽管红军迅速赶来救火,但火势太大,当红军把火扑灭时,寡妇躬背嫂的竹木结构房屋连同简陋的家具都已化为灰烬。

面对此景,躬背嫂悲痛不已。她搂着两个年幼的孩子放声大哭,引来了不少村民。

此时,一个为救火烧焦了头发、烧烂了衣服的红军战士挤进人群。询问情况后,他走到躬背嫂面前关切地说:“大嫂,你不要太悲伤。我带你去见毛委员,他肯定会帮你解决困难。”

躬背嫂用怀疑的目光望了望红军战士,继续失声大哭。围观的村民开始七嘴八舌地议论开来。有人说红军是穷人的队伍,也许能帮忙,劝躬背嫂去一趟;也有人说,火又不是红军点的,不能给红军添麻烦。一向重义气的赖大叔说:“躬背嫂带着两个孩子不方便,我跟这位红军同志去见长官。”

于是,赖大叔跟着那位红军战士,来到红四军总部驻地。毛泽东认真听完他们的报告后,笑着对赖大叔说:“豪绅们的房子也是我们穷人亲手盖起来的,革命胜利后,我们还能用嘛!何必烧掉呢?烧了穷人的房子就更不对啰。”赖大叔觉得毛委员讲得有道理,不停地点头称是。

接着,毛泽东又把红军的宗旨、纪律等给赖大叔讲了一遍,并请他回去给群众做宣传,不能再放火烧房子了。后来,毛泽东让战士到军需处领了一簸箩铜板,说是给背躬嫂赔偿损失的,并嘱咐战士要好好安慰背躬嫂。

红军战士和赖大叔一同返回,将铜板送到躬背嫂面前。红军战士和气地对躬背嫂说:“大嫂, 这是毛委员叫我们送来的, 赔偿你们家的损失。”

躬背嫂看到这一箩铜板,十分惊讶地说:“不,不,房子不是红军烧的,怎么能叫毛委员赔偿呢? ”躬背嫂执意不收。

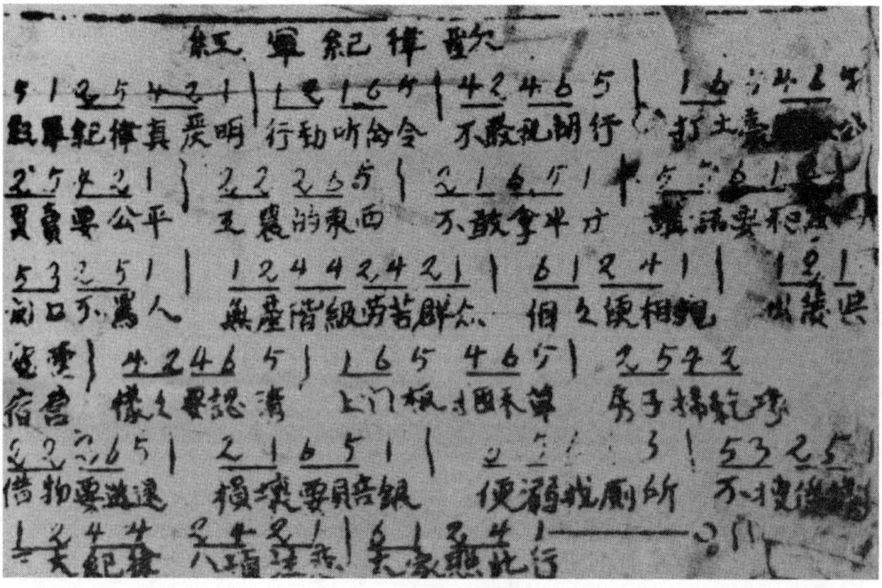


《红军纪律歌》

“大嫂,你就收下吧。毛委员讲,房子虽然不是我们放火烧掉的,但是因为我们的宣传工作没有做好,所以老表才会烧房子而连累了你。这些铜板就算是赔偿你的损失,你一定要收下。这是我们红军的纪律。”

在红军战士的劝说下,躬背嫂感动得说不出话来。她看看红军又环顾周围的乡亲,突然跪下来对红军战士说:“毛委员是我们穷人的救命恩人,请你代我谢谢毛委员!”

红军战士赶忙扶起躬背嫂。躬背嫂用双手接过这一簸箩铜板,热泪盈眶地说:“我家子孙万代也忘不了红军和毛委员的恩情……”周围群众也不约而同发出“红军真好”的赞叹!

# 一双草鞋

1930年春，毛泽东率领红四军进驻兴国县城，受到群众的热烈欢迎。

晚上，中共兴国县委、县苏维埃政府的干部来到县城横街胡屋巷的毛泽东住处，参加地方干部会议。

有位干部看见毛泽东穿着一双白天行军的黄麻草鞋，关切地问："毛委员还没有洗脚吗？"

毛泽东点点头说洗过了。

这位干部恍然大悟地说："哦，毛委员还没有布鞋和袜子。县苏维埃政府里面还堆着不少群众送来的慰劳品，我去拿几双鞋袜来。"说完，他转身就走。

毛泽东立刻叫住了他："我有黄麻草鞋就够了，鞋袜明天发给战士们穿吧！"

站在旁边的县委书记刘经化听后非常感动，他对在场的干部们说："同志们，毛委员大冷天还在穿黄麻草鞋，而我们不少同志却在布鞋外面套草鞋，而且穿的都是群众送的慰劳品。我们应该向毛委员学习。"

听了刘经化的一席话，不少干部都羞愧难当，悄悄地把布鞋脱下。

会后，毛泽东语重心长地对兴国的干部说："同志们！现在是革命战争时期，我们只有脚穿草鞋，吃苦在前，群众才能拥护我们，革命事业才有成功的希望！"

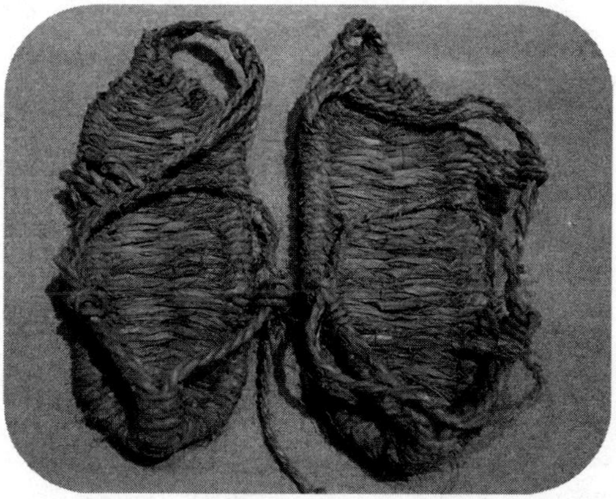

红军穿过的草鞋

毛泽东艰苦奋斗的作风,在兴国的干部心里留下了深刻的印象。从此,大家自觉地以毛泽东为榜样,脚穿草鞋,身背斗笠,艰苦奋斗干革命,创造出了第一等工作,兴国也成为苏区的模范县。

# 一件破布褂

赖森和画像

1930年4月,赖森和当选为于都县苏维埃政府执行委员会委员，担任县苏维埃政府财政兼分配委员会主任,掌管全县的财物分配大权。他家人知道后十分开心，以为可以跟着发大财了。

一天,他堂弟进城办事,顺便到县苏维埃政府来找他。

他堂弟在赖森和耳边悄悄地问:“森和哥,嫂子让我来看看你,你这里有没有什么东西捎回去？”

赖森和笑着说:“捎回去的东西没有，倒想叫你把我上次换在家里的破布褂带来我穿。”

他堂弟不解地说:“森和哥呀,过去当官的,要用箱用笼往家里搬东西,你当了官却还要从家里拿破布褂穿。那些从地主家里没收来的绫罗绸缎,你不会捡几件出来穿？”

堂弟还世故地说:“你悄悄拿几件,神不知鬼不觉,没人会讲你是贪官污吏。”

赖森和听了堂弟的话,脸色凝重起来,严肃地说道:“老弟,我当的是穷人的官，管的是公家的东西，怎么能私自挪用、占为己有呢？我管的钱多着呢，如果公私不分，我哪有什么资格当这个官？我出来干革命，就是要打倒那些无恶不作的贪官污吏，怎么能自己走上贪官污吏的道路呢？那不成了贪污犯？那还革什么命？”

堂弟听了赖森和的话后立马羞愧难当，再也不敢提捎东西回家的事了。

三天后，堂弟给赖森和捎来了那件精心补好的破布褂。赖森和拿在手里左看右看，满意地说：“你嫂子补得还蛮扎实哟。”

1930 年 7 月，赖森和被任命为于都县苏维埃政府主席。

1930 年 11 月，在于都县地主反动武装突袭县城时，赖森和率县苏维埃政府机关人员从县城突围转移，途中横渡贡水，不慎落水牺牲。人们悲痛地为他抹去身上的泥沙、换上干净的衣服时，发现这个曾掌管县财政大权的人，贴身还穿着那件破布褂。

# 一扇天窗

1931 年的秋天，毛泽东住进了瑞金叶坪的谢大娘家。谢大娘非常热情，把楼上的房子让出来给毛泽东居住、办公，自己住到下面的一个房间里。

转眼到了冬天，天气渐渐变冷。一天晌午，毛泽东哈着气，搓着手，从外面回来，看见谢大娘正坐在房门口纳鞋底，他关切地问道："大娘，天这么冷，风那么大，您怎么坐门口做针线活啊？会冻坏身体的。"毛泽东一边问着，一边准备搀扶正要起身的谢大娘走进屋里。

谢大娘不经意地回答道："屋里太暗，穿针看不清针眼，门口亮堂些！"毛泽东听罢，便在房间里细细察看。只见狭窄的房间后墙上有一个小窗户，但外面的大樟树正巧遮住了光线，屋内很暗，几乎伸手不见五指。如果不点灯的话，即使是在白天也很不方便。

见此情景，毛泽东不禁自责起来："大娘，您为了支持我们红军，支持革命，把光线好的房间让出来给我住，自己却住在昏暗的屋子里，冷天还要坐到屋外干活，想来真是惭愧！"

谢大娘宽慰道："没事，没事，红军来了，我们穷苦人才有这像样的房子住，光线暗点不要紧的。"

"那我跟您换房间。"

"哎呀，不用，不用，我老太婆年纪大，上下楼梯不方便，毛主席，您安心住……"

毛泽东不等谢大娘说完,便一路小跑到内务部,找同志们商量如何帮助谢大娘解决采光的问题。他们决定给谢大娘的屋子再开扇窗户。

第二天一大早,内务部的同志买来了玻璃瓦,请来了泥木工,将谢大娘房间一侧的楼板锯开个大口子,开成一扇“平躺着”的“天窗”,然后在天窗上方的屋面上换上了玻璃瓦。不到一个上午,原来阴暗潮湿的房间便亮堂起来。

瑞金叶坪毛泽东旧居楼板中的天窗

毛泽东高兴地对谢大娘说:“大娘,屋子亮堂喽,以后就不用坐到外头‘借光’,屋里头也可以晒太阳了。”

谢大娘看到亮堂的屋子,激动地握住毛泽东的双手,说:“这亮光照得我心里好暖和哟!谢谢毛主席,谢谢红军同志!”

# 红　军　渠

1931年冬的一天，彭德怀刚回到红三军团司令部，就询问群众生产生活情况。

彭德怀问道："军田墈的田，分给群众，为什么没有人要呢？"

乡苏维埃主席何开扬告诉彭德怀："那里老遭水灾和旱灾，群众不愿要。"接着，他把事情的来龙去脉一五一十地讲了出来。

原来，军田墈四面环山，地势低洼，而且只有一条水圳。一下雨，山上的洪水将沙子、黄泥冲到河田里；天一晴，田里就裂开几寸宽的缝。即使是风调雨顺的好年成，每亩也只收二三百斤谷子；要是碰上旱涝，年成就颗粒无收。

彭德怀听完，风趣地问道："难道你们区乡苏维埃干部就这样听天由命吗？为什么不发动群众修渠开圳，变水害为水利？"

何开扬有点为难地说道："这可要挖掉十几亩田啊！"

彭德怀哈哈大笑起来："老何，你算算看，损失十几亩，救出好几百亩，哪个合算呢？"大家一听，都笑了。

彭德怀接着说："从前地主阶级没打倒，要修水圳，地主的田不让挖，穷人的田又太少，也很分散，修不成水圳那是没有办法的事。如今，我们是苏维埃政府，自己当家做主，我们应当积极引导群众，修好水利，争取多打粮食嘛！"

区乡苏维埃干部都坐不住了，表示要立即开会研究。

彭德怀又说："没有调查就没有发言权。我们还是去实地观察研究吧。"

第二天，彭德怀和苏维埃的干部来到军田塅里。他们一边仔细观察地形，一边讨论研究如何开水圳。有的说在上边开，有的说在下边开，众说纷纭，意见不一。

彭德怀听完大家的意见后说："你们看，这样行不？水圳就从这里笔直开过去，接通上游江，加快水流速度，沙子就停不下来。再在水圳上面修几个沙渡，避开流沙，以保证水圳畅通。"

他又指着那些被泥沙淤积的田说："这些田荒了可惜，可以先种旱作物，以后再慢慢种上水稻。"

区乡苏维埃政府的工作人员十分钦佩彭德怀的深谋远虑，事情就这样定下来了。

方案定下以后，彭德怀亲自带领红军与苏区人民顶风冒雪、不畏严寒，并肩奋战了20余天，终于把水圳修好了。在水圳头大青石条上，彭德怀让人刻上了10个大字：翻身谋利益，产业归工农。

为了纪念彭德怀和红三军团的功德，当地人民把这条水圳定名为"红军渠"。

上犹县军田村东沙水坝和万潭水渠

# 董振堂交党费

1931 年 12 月 14 日，董振堂率兵举行震惊中外的宁都起义。1932年 4 月，经党中央批准，董振堂正式加入中国共产党。入党后的一天，他对第十三军政治委员何长工说："何政委，共产党人不能有私产。我在旧军队中还有一点积蓄，我决定把它拿出来全部分给战士！"

宁都起义旧址

何长工劝他说："你辛辛苦苦一辈子，这点积蓄，是不是留下一部分，给你家老人养老？"

董振堂坚持说："那我就全部交党费！"

何长工解释说："你是个新党员，交党费，党也不会全部要你的。你还是留一部分给老人吧！把三分之二分掉，留三分之一。"

董振堂说什么都不肯，执意要把积蓄全部贡献出来。就这样，两人几次争来劝去,最后终于商定了结果。董振堂同意留五分之一,大概是300块银圆。

后来,何长工向毛泽东汇报这件事,毛泽东也说:“不要全交嘛!寄些给家里,留一点自己用。”

当何长工把毛泽东的话转告董振堂时,董振堂说:“革命了,个人的一切就交给党了,还要钱干什么!”

董振堂是这样说的,也是这样做的。他原封不动地把那300块银圆交给警卫员保存,自己分文未动。遇到生病的干部战士,他就让警卫员拿出一些来,给他们治病,补养身体,一直到长征路上才用完那300块银圆。

# 蔡畅破邪俗抓生产

蔡畅是中国妇女运动的先驱和卓越的领导者，在中央苏区流传着她带领妇女破除邪俗发展生产的佳话。

1931 年 12 月底，蔡畅在兴国第一次女工农妇代表大会上，号召苏区妇女要发扬半边天的作用，担当起后方的各项革命任务。她说：“妇女要接上男同志的班，凡是男同志能办到的事情，女同志要力争能够办到。”

转眼到了春耕时节，苏区的青壮年男子都参加红军上了前线，田地面临无人耕种的情形。可农时不等人，没人犁田，庄稼种不上，岂不误了

下田劳动的苏区妇女

大事？蔡畅着急了，于是大力发动妇女下田，挑起生产重担。

赣南妇女素来都很勤劳，会干很多农活。可是一提到犁田、耙田，妇女就往后缩。原来当地盛行一种迷信说法："妇娘学犁，母鸡学啼，触犯天理，要遭雷劈。"妇女因受礼教和封建思想束缚，不敢去摸犁耙。

为了破除迷信邪俗，宣传科学思想，推动农耕生产，蔡畅率先挽起裤脚下田，拜老农为师，学习犁田、耙田。学会操作后，她就把各乡妇女代表集中起来分批轮训，在田间传授技术。回到各乡，她又采取同样的办法对妇女进行培训。蔡畅还组织发动妇女成立耕田队，涌现了不少耕田能手。

由于蔡畅破除邪俗，带头下田，全县乃至全省迅速形成了妇女犁田、耙田的高潮，适时地播了种，插了秧，当年就取得了丰收，而且没有一个妇女遭"雷公打"。苏区妇女以自己的实践破除了迷信，发展了生产，为苏区反"围剿"战争做出了积极的贡献。

# 查 路 条

为对中央苏区发动军事“围剿”，国民党经常派密探到苏区刺探情报。为了防止敌人的密探混进苏区，儿童团员常常晚上都不休息，轮流站岗放哨。他们雄赳赳地扛着红缨枪，站在大路口盘查着南来北往的人。

1932年的一天上午，毛泽东头戴草帽，正急忙赶着下乡调查研究。途经瑞金叶坪老茶亭的一座小桥边时，毛泽东被两个手持红缨枪的儿童团员拦住了。这两个儿童团员，一个叫大钟，一个叫小钟。

《手持红缨枪》雕塑

他们问毛泽东：“同志，您的路条呢？”

毛泽东见他们很机灵，便决定考考他们，于是温和地回答说：“我忘记带了。”

“有介绍信吗？”大钟和小钟严肃地问。

“没有。”

“那你从哪里来？要到哪里去？”小钟进一步盘问。

毛泽东以商量的口气说：“我从

叶坪来,要到前面去。忘了带路条。我有要紧事,这次让我过去吧。”

“不行!毛主席说过,不管是什么人,凡是没路条的,都不能过去!”小钟瞪着一双大眼睛,认真地说。

“不让我过去,那我只好回去了。”说完,毛泽东转身就要往回走。

大钟快步绕过走到毛泽东面前,拦住说:“回去也不行!”

毛泽东装作十分生气的样子说:“我要过去,你们不让;我要回去,你们又不肯。叫我怎么办呢?”

“走,到乡苏维埃政府去!”两个儿童团员寸步不让,互相递了个眼色。小钟带着毛泽东往乡苏维埃政府走去,大钟留下,坚守岗位。

刚刚踏进乡苏维埃政府大门,乡苏维埃政府主席就迎了出来。他紧紧握着毛泽东的手,笑呵呵地说:“毛主席,您来了,请到屋里坐坐。”

小钟一听,愣住了,觉得脸上火辣辣的。毛泽东看见了,弯下腰来,拍着小钟的肩膀,夸奖说:“你们做得很好,应该受到表扬!”随即,毛泽东叫乡苏维埃政府主席,奖给他们每人一条红领带。小钟双手接过奖品,向毛泽东主席敬了一个礼,连蹦带跳“飞”回岗位上去了。

当年,正是因为儿童团员一丝不苟的态度,不放过任何没有路条的人,才使敌人的密探根本混不进苏区。

# 特殊的身份证

刘锦平出生于江西瑞金九堡一个贫苦农民家庭。1932 年 6 月，15 岁的他就报名参加了红军，随后被派往红军学校学习。因为家里穷，供不起他读书，刘锦平在入学前，斗大的字不认识几个。因此，他十分珍惜这次难得的学习机会。

那时，红军学校环境很差，教室是老表的破土房，又矮又暗，缺笔少纸。然而，宝剑锋从磨砺出，艰苦的学习环境激发着刘锦平刻苦学习。没有笔，他用树枝代替；没有纸，他就在沙地上写字。功夫不负苦心人，通过在红军学校短暂的学习，刘锦平不仅学到了许多文化知识，也渐渐懂

红军学校旧址(瑞金象湖镇杨氏宗祠)

得了许多革命道理。由于表现优异,1933 年,他光荣地加入了中国共产党。

入党宣誓的那一天,面对鲜红的党旗,刘锦平心潮澎湃,久久不能平静。他暗暗立下誓言:永做革命者,决不背叛红军。可是,用什么方法来表达自己的决心和意志呢?猛然间,他想到了岳飞母亲刺字的故事,心想:自己为什么不可以效法古代忠贤呢?

于是,他决定在自己的手臂上刺上几个字,用“红军”表明身份,用“胜利”表达信心。

战友们知道他的想法后,都感到万分惊讶。有的人连声称赞,也有的人不无担心地说:“革命战争千难万险,万一哪天被敌人抓住,手上的刺字就是铁证,岂不是惹来杀身之祸?”

刘锦平冷静且坚定地说:“这手臂上的刺字就是我的身份证。我生是红军的战士,死是红军的忠魂。干革命哪能前怕狼后怕虎?”

于是,他忍着剧烈疼痛,在手臂上刺下“红军胜利”四个大字,并用特制药水涂抹,使之永不褪色。

从此,这四个夺目的大字,伴随着刘锦平南征北战,血染征袍,也见证着刘锦平对党、对红军矢志不渝的忠诚。

# 识破敌特反间计

1933年初春的一天，有个绰号叫“朱胖子”的区干部跑到会昌中心县委报告说：“昨天夜里，国民党‘自卫队’队长朱培初溜回镇里，与区苏维埃政府主席朱秀歧在酒楼喝酒。”

为了让大家相信，朱胖子又斩钉截铁地补充说：“我亲眼所见，如有谎报，雷打火烧。”

大家听了之后很气愤，认为朱秀歧要叛变通敌，纷纷要求把他抓起来。时任会昌中心县委书记的邓小平劝大家冷静，他知道朱秀歧平日思想坚定，工作作风踏实，而朱胖子为人狡诈，工作马马虎虎，这件事情可能有蹊跷。为了弄清真相，他决定派人去调查。

正在此时，区保卫局的干部前来报告说，朱秀歧带枪逃跑，被保卫局派人抓了回来。一听这话大家又嚷开了：“这不明摆着吗？不必再调查了，赶快把朱秀歧杀了。”

邓小平还是坚持先调查清楚再处理。第二天一早，邓小平亲自到朱秀歧的家乡走访调查。据群众反映，朱秀歧与朱培初之间有私仇，不可能在一起喝酒。了解这些情况后，邓小平立即返回区苏维埃政府召开干部会议，并从保卫局把朱秀歧提到会上审问。

朱秀歧坚称自己没有叛变通敌，更没有逃跑。他说：“我不是逃跑，是朱胖子说朱培初溜回来了，去了鸭公村。我一听，马上就带了驳壳枪想把朱培初抓回来。可是，追到鸭公村，连朱培初的影子也没见着。这时，

中共会寻安中心县委旧址

保卫局的人追来，不分青红皂白便下了我的枪，把我关到了保卫局。”

邓小平听到这里，便立即叫人把朱胖子找来。谁知朱胖子已和朱培初一起逃跑了。原来，朱胖子是国民党特务，两人想出这个诡计，妄图借刀除掉朱秀歧。他们万万没想到邓小平明察秋毫，让他们的阴谋没有得逞。后来，朱培初和朱胖子被抓了回来，得到了应有的惩处。

# 尊三围保卫战

1933 年 5 月 14 日，国民党将尊三围包围，而尊三围的军民临危不惧。

第二天清晨，尊三围战斗打响。在炮弹和机枪掩护下，四五百名国民党军士兵如潮水般涌向尊三围阵地。面对数倍于己的敌人，中共镇岗乡支部书记陈耀古指挥队员们用步枪、鸟枪、五响枪、单响枪、手榴弹、手雷、硝包等火器，与敌人进行了顽强战斗，数次打退敌人。当天，战斗从拂晓打到黄昏，从黄昏打到深夜，尊三围阵地依然稳如磐石，屹立未动。接连 20 多天，国民党军屡屡发起猛烈的进攻，但次次都被尊三围赤卫队击退。

6 月 15 日，一场更加残酷的战斗开始了。在飞机、大炮的火力掩护下，国民党军对尊三围发起了更加猛烈的进攻。陈耀古一边派人救火，一边组织妇女儿童深挖防空地洞并救护伤员。坚守阵地的赤卫队员则对冲上来的敌人进行顽强阻击，多次打退敌人，成堆的敌人被打倒在围屋底下。最后，敌人惧怕了，纷纷溃逃。敌人的第一次飞机助战以失败告终。

到 6 月 24 日，尊三围的军民与攻城敌人整整相持了 40 天。此时，他们陷入饥饿和伤亡的困境，但仍坚守土围。周恩来、朱德等闻讯后，迅速派部队增援，但因路上受阻，增援部队最终没有到达尊三围。最后，因弹尽粮绝，整整血战了 44 天的尊三围被攻破了。

尊三围保卫战遗址

尊三围陷落后，国民党军实行了“三光”政策，采用火烧锄挖等方式将尊三围夷为平地。陈耀古等人被捕后，敌人对他们进行了严刑拷打，妄图从他们身上获取共产党的有关情报。但是，陈耀古等人早已把生死置之度外，宁死不屈。敌人从他们身上一无所获，于是将他们全部杀害。

为了纪念这些牺牲的革命烈士，安远县人民政府在尊三围保卫战遗址的东侧，建起了一座尊三围革命烈士纪念碑，把他们的名字永远地刻在了上面。

# 红　井

1933 年 4 月，中华苏维埃共和国临时中央政府从瑞金的叶坪迁到沙洲坝。

有一天，毛泽东看见一位老乡正挑着污浊的水往家走，便问道："老乡啊，这水挑来做什么用呀？"

老乡回答说："吃呀！"

毛泽东疑惑地问："水这么脏，能吃吗？"

老乡苦笑着说："没办法，再脏的水也得吃呀！"

毛泽东又问："水是从哪里挑的？"

老乡回答："从塘里挑的。"

毛泽东请老乡带他去看看。走了一阵，只见一个不大的水塘，杂草丛生，池水污浊。全村人洗衣、洗菜、吃水全在这里。

毛主席关切地问："能不能到别处挑水吃？"

老乡摇摇头，说："我们沙洲坝就是缺水呀！挑担水要走好几里路。"

"那为何不就近挖一口井？"毛泽东询问道。老乡却连连摇头不语。

后来，毛泽东通过调查了解到，"沙洲坝，沙洲坝，无水洗手帕，三天无雨地开坼，天一下雨土搬家"。原来干旱的沙洲坝，被风水先生说成是条旱龙，不能打井，如果打坏了龙脉，十邻八乡都要遭殃。天生不信邪的毛泽东不相信沙洲坝挖不出水，决心给村民挖一口井，解决村里这个老大难问题。

一天清晨,毛泽东带着几位同志来到驻地前的一块空地上,先用锄头刨了一个圈,定下了井位,接着便抡起锄头挖起来。可这举动却遭到了村民们的反对。在毛泽东的耐心讲解与积极鼓励下,村民们终于同意挖口井。

在毛泽东的带动下,村里的群众、红军战士、中央机关的工作人员一起,挖的挖,铲的铲,挑的挑。经过十几天的奋战,一口深约 5 米的水井挖成了。为了让水变得更加清澈,毛泽东亲自下到井底铺上一层薄薄的石子、石灰和木炭。从此,沙洲坝的群众终于喝上了清澈甘甜的井水。

新中国成立后,沙洲坝群众为了表达对毛泽东和共产党人的感恩之情,对这口井稍微做了修整,并取名为"红井",还在井边上立了一块木牌,上面写着"吃水不忘挖井人,时刻想念毛主席"。后来,木牌改成了石碑,世世代代铭记着共产党人对群众的深情厚谊。

红井

# 车水润田

1933年夏天插过晚稻后，瑞金久旱不雨，太阳烤得大地直冒烟。眼看着快要干枯的禾苗，群众心急如焚。苏维埃的干部也想了许多办法，动员大家用水车把水车到田里，以确保抗旱夺丰收。

中央苏区时期的瑞金

毛泽东十分关心群众的生产，亲自率领临时中央政府的工作人员，日夜奔波于抗旱第一线。

一天深夜，月亮朦胧地照着大地，叶坪村的几个老农正在一口塘边车水。忽然见毛主席走来了，一个老农忙向他打招呼：“毛主席，这么晚了，还没有休息呀？”

毛主席走到水车前，一边卷起裤腿一边说：“天这么旱，睡不着啊。

来，换换吧，你年纪这么大啦，休息一会儿吧！”说着，拉下老农就要上去车水。

“毛主席啊，你还是早点回去休息吧，你工作那么忙，够辛苦了。”两个老农说。

毛泽东笑着回答：“抗旱保丰收，多打粮食，支援红军打胜仗，我也有一份责任啊！”

一个老农看到毛泽东执意要车水，就找了个借口说：“毛主席，你不会车水呀！”

毛泽东笑呵呵地把老农拉下来，自己登上水车，边踩边说：“是呀，起初您也不会吧？边干边学嘛。正因为我不会车水，才来向你们学习呵。”

老农实在拗不过，只好同意毛泽东与他们一起车水。

毛泽东刚上水车时，确实有点站不稳，踩起水车来也是轻一脚重一脚的。但是，慢慢地，他就能比较自如了。

水车在毛泽东和老农们的脚下“咿咿呀呀”地叫着，水“哗啦啦”地流进了干涸的稻田……

中央政府主席毛泽东车水抗旱的事飞快地传遍中央苏区。一场抗旱保丰收的热潮在全苏区掀起。这一年，苏区人民终于战胜了干旱，夺得了大丰收。

# 毛泽东照章缴费

1933 年 8 月 17 日，毛泽东和江西军区参谋长陈奇涵一行四人，来到长胜县（今宁都县南部和瑞金市北部）铲田区调查工作。当晚，毛泽东等人住在一所破旧的祠堂内。晚饭吃的是山芋粥、红薯和咸萝卜干。铲田区政府主席钟赤牯执意要去弄点好吃的东西，被毛泽东坚决制止了。

第二天清晨，毛泽东同警卫员吴吉清要赶回瑞金中央政府。临行前，他对小吴说："你按照规定去区苏维埃政府财政部结清食宿费，我们先走一步，你随后赶来。"

在区财政部，长工出身的老部长听说毛主席在这里住了一晚，说什么也不肯收食宿费。吴吉清推辞不了，最后只好收回钱，匆匆上路，追上了先行的毛泽东。

毛泽东问他："食宿费结了吗？"小吴吞吞吐吐地说出区财政部不肯收钱一事。毛泽东听后，非常生气，立即要吴吉清再次返回，务必将钱交清。

陈奇涵参谋长眼看离区苏维埃政府已经很远了，便笑着说："毛主席，还是由我来办这件事吧，你们赶路要紧。"

毛泽东紧握陈奇涵的手，叮嘱道："老陈，这件事你一定要办妥。我们是领导干部，在执行制度方面更要严格。"

于是，在铲田区苏维埃政府财政部用毛边纸制作的账本上，便记载了这样一笔："十八号主席毛泽东住，到还大洋一元四角五分，陈奇寒

（涵）。”

新中国成立后，这册保存完整并盖有区苏维埃政府财政部大印的珍贵文物被铲田区的老同志捐献给了瑞金革命纪念馆，成为革命领袖廉洁自律的生动见证。

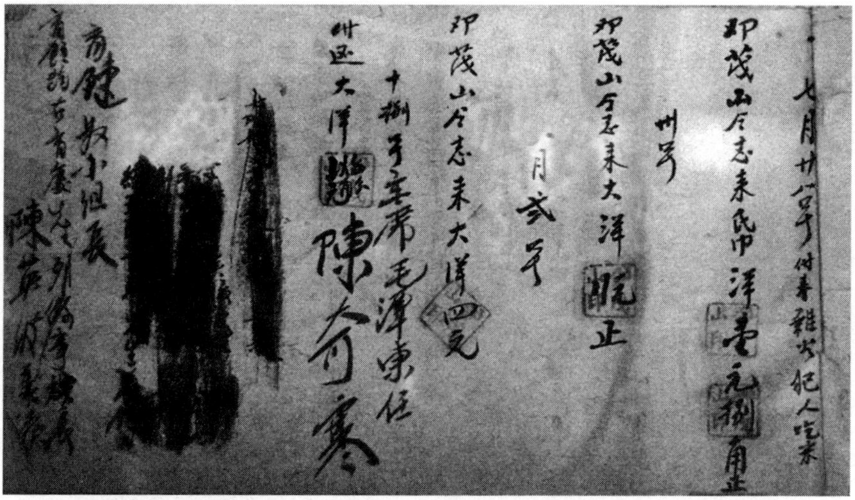

1933年8月18日，毛泽东下乡调查指导工作时交食宿费的账单

# 刘少奇吃小灶

1933年10月的一天中午,刚从前线赶回来的中革军委总兵站部主任杨至诚，正火急火燎地要找全国总工会中央执行局委员长刘少奇汇报工作。

中华苏维埃共和国临时中央政府大礼堂旧址

他那响亮的呼喊声——“少奇,少奇同志！”在苏维埃政府中央办公厅内回响,可就是没有应答声。

“这都午饭时候了,少奇同志去哪了？”杨至诚满脑疑惑,他找遍了机关办公室和饭厅,就是不见刘少奇的身影。

这时,同在饭厅里吃饭的同志也发现,自从为节约粮食改吃草袋蒸饭以来,每天中午都没有看见刘少奇来饭厅吃饭,这是怎么回事?

有个别人在小声嘀咕:“人家是委员长,在吃小灶吧?”

“不可能!”

多数人听了都不相信:“少奇同志工作踏实,一向以身作则,这是绝对不可能的事。可不许瞎说!”

于是,同志们分头去找。大家从饭厅找到办公室,又从办公室找到宿舍,再从宿舍找到后院,转了一大圈,终于在伙房后面的小灶间里找到了刘少奇。

大家只见刘少奇正大口大口、津津有味地吃着一碗用清水煮熟了的番薯叶子。当他发现大家时,想躲已来不及了。刘少奇确实是在吃“小灶”,但同志们想不到会是这样的“小灶”,一下子全都傻了眼。

后来,炊事员向大家解释:“委员长为了节省粮食支援前线,每天只吃早、晚两餐米饭,中午就煮些番薯叶子或野菜充饥,已经有很长时间了。”大家听到后心里一酸,喉咙哽得说不出话来。

杨至诚立即走向前,含着泪感动地说:“报告委员长,民运部明天就要来提运粮食,要我们做好准备。”

刘少奇拍了拍杨至诚的肩膀说:“早已准备好了,我们保证让前线的战士们吃饱饭。”

# 师生同条板凳

1933 年 11 月，中革军委在瑞金创办了培养军队指挥员的红军大学。杨尚昆奉命担任红军大学副校长,分管后勤事务。学员有 2000 多人,祠堂改做的教室不够用,桌椅也奇缺,这可把杨尚昆急坏了。

为了解决教室问题,他对祠堂周边的 8 户农家逐户登门造访,讲明了红军大学的“实情”,终于临时借得这些农家七八间“闲房”做教室,还借了一些桌子、凳子、椅子。然而,桌椅还是不够用,怎么办呢?

一天,杨尚昆路过一间教室门口,见后排的许多学员站着听课,他十分自责,觉得自己没有尽到工作职责。他默默地回到办公室,刚坐下,

红军大学旧址

突然意识到自己白天很少在办公室,凳子基本上闲置,只有晚上才用得上。何不把自己的办公凳拿出来给学员坐呢? 这一闪而过的想法,让杨尚昆有种茅塞顿开的喜悦。

于是, 第二天上午上课前, 杨尚昆把自己办公用的板凳搬到了教室。学员们看到这一幕,既吃惊又感动。他们见杨尚昆为办校日夜操劳,人累得又黑又瘦, 都不好意思占用他的办公板凳。一名学员说:"杨校长,我们农家子弟,习惯了,站着听课没关系,比起前方打仗的战友们幸福多了。板凳就留着你自己办公坐嘛。"

"我是分管教学后勤的,看到你们站着、蹲着听课看书,心里一直不安,很对不起你们。白天上课时你们用,晚上我用……"

经杨尚昆一说,学员们只好接受了这条板凳。从这天开始,每天上课前,有一名学员从校长办公室准时把板凳搬到教室,傍晚这条板凳又沿着这条线路回到校长办公室。学校的宣传栏上很快就登出了一则《校长与学员同条板凳》的表扬稿。

# 为红军家属砍柴

1934年“二苏大会”后，张闻天担任了中华苏维埃共和国中央人民委员会主席。他以身作则，带头履行《优待红军家属礼拜六条例》。《条例》号召各机关、团体的工作人员利用每个星期六或星期日帮助红军家属和孤寡老人做事，为他们排忧解难。

为抓好《条例》落实，张闻天召开了中央人民委员会机关干部动员会。会后的一天，他在下肖区检查工作时，发现红军家属杨大妈生活很困难，连烧柴都只能靠捡些枯枝败叶对付。原来，杨大妈丈夫早亡，儿子参军了，自己又年迈体弱。张闻天安慰杨大妈说：“老人家，您儿子参加红军去了，我们应当感谢您。您有难处，我们一定帮您克服。”

第二天恰逢星期六。天一亮，张闻天就带领警卫员和身边工作人员准备上山砍柴。警卫员考虑到他身体差，眼睛又近视，就劝他别上山了。

张闻天摇摇头说：“你们可别小瞧我，论砍柴也许你们还不如我呢。”说罢，他脚穿麻草鞋，腰挎柴刀，领着大伙就上路了。

午后，他们每人都挑回了满满一担干柴到杨大娘家。

杨大娘见状，紧紧拉着张闻天的手，非常感动地说：“张主席，你看你这样忙，还记挂我的事……”

张闻天应道：“您的事就是我们的事，哪能忘呢？”边说边把柴卸下。他刚堆好柴，就急着要告辞。

杨大妈要请大家喝口水再走，张闻天却说留着以后喝，就离去了。

张闻天帮助红军家属砍柴的动人事迹，被刊登在《红色中华》上，在苏区产生了很大的反响。苏区各级工作人员的优属劳动更加热烈，真正使红军后顾无忧，全身心地投入到革命事业中。

張主席幫助紅軍家屬砍柴

中府工作人員熱烈參加禮拜六

中央政府全體工作人員自中共中央與中央政府頒佈了優待紅軍家屬條例後，即在列寧室大會上具體的討論了優待紅軍家屬的工作，全體工作人員堅決實行每禮拜六與禮拜日兩日輪流出發幫助沙州鄉的紅軍家屬做工。現在已出發幾次了。同志們每次出發都很踴躍的去幫助沙州鄉的紅軍家屬砍柴割草，挑塘泥，下肥料，犁耙田，什麼都做，甚至連人民委員會張主席也一齊參加禮拜六。最近幾次幫助紅軍家屬做工的，比以前更熱烈了，有同志說，我們有了這個成績還不夠，此後還要把幫助紅軍家屬做工的熱忱提到更高度去，做到使沙州鄉的紅軍家屬全無困難了，并且還要向沙州鄉鄰近的鄉去發展。

《红色中华》关于张闻天帮助红军家属砍柴的报道

# 为了将来人民不吃苦

1934年春，红军某部独立营营长杨衍矩奉命从前线回到红军大学学习。邓颖超知道杨衍矩刚回来，就拉他去家里吃饭，顺便了解前线的情况。

杨衍矩十分高兴地答应了。他心想：周恩来身居中革军委副主席的高位，他家待客的饭菜一定很丰盛。当他看到桌上只有一碗放了点辣椒的四月梅子和两筲子饭，没有其他食物，心里非常纳闷。这么一点饭菜，怎么够三个人吃？如果自己吃了，周副主席和邓大姐岂不是要饿肚子？正在他忐忑不安时，周恩来已经给他盛饭夹菜了。杨衍矩只好接过饭碗。他吃了第一口菜，不自觉地眉头一皱，心里暗自嘀咕："这是什么菜啊？寡淡无味，实在难以入口。"

他的表情被细心的周恩来发现了。周恩来连忙表示歉意地说："哦，忘了，忘了……"边说边取下挂在墙上的一截竹筒，小心翼翼地倒出小半碗盐水，对杨衍矩说："小杨，来，把菜沾点盐水好下饭。"周恩来自己却照旧夹起没盐味的菜嚼着吃。

杨衍矩难过不已，哽咽地说："周副主席，您吃得太苦了！"

周恩来听了不以为然，反倒乐呵呵地说："干革命还能不吃苦？我们现在吃点苦，将来人民就可以不吃苦。"接着，他向杨衍矩询问了前线的粮盐供应情况。

杨衍矩回答说："前线粮盐供应比后方好些，因为有后方支援，有时还能直接从敌人手中缴获。”

周恩来听了诙谐地说:“这就好。敌人伸出了两只手,我们也要伸出两只手,一只手粉碎他们的军事‘围剿’,一只手粉碎他们的经济封锁。”

杨衍矩听得浑身是劲,站起来说:“听周副主席的!”

从那时起,杨衍矩十分注意勤俭节约,还时常帮助群众熬制硝盐。因为他一直记着周恩来那句:“我们现在吃苦,是为了将来人民不吃苦!”

瑞金沙洲坝乌石垅村的中央革命军事委员会旧址暨周恩来、朱德、刘伯承、叶剑英旧居

# 八子参军

杨荣显是瑞金沙洲坝下肖区七堡乡第三村的农民,他有8个儿子。革命前,他家穷得上无片瓦,下无寸土,身穿破衣裳,家无过夜粮。

土地革命在瑞金深入开展后,各级苏维埃政权纷纷建立。杨荣显一家分得了土地、山林,几个儿子也都娶上了媳妇,日子过得一天比一天好。但是,国民党军对中央苏区连续发动多次大规模军事"围剿",企图消灭红军。特别是第五次"围剿",蒋介石调集50万重兵向中央苏区逼近,妄图一举歼灭中央红军。

中央苏区的红军人数仅有敌人的五分之一,"扩红"成为当时最重要的任务。杨荣显积极响应党和苏维埃政府的号召,让8个儿子都报名参加红军。第一次,杨荣显有5个儿子加入了红军,另外3个还不到年龄。结果,在激烈的战斗中,5个儿子全部战死沙场。

在第五次反"围剿"最为激烈的时候,杨荣显还是把剩下的3个儿子一起送上了前线。"扩红"干部请杨老留下一个儿子照顾家庭。他却说:"不要紧,要上都上。"

1934年5月30日,中华苏维埃共和国中央政府机关报《红色中华》刊登了一幅瑞金八兄弟当红军的图画,记录了杨荣显老人8个儿子先后当红军的真实事迹。画面虽然简单,但它在当时的"扩红"运动中引起了较大的轰动。

1934年深秋,杨荣显老人在弥留之际,嗫嚅着呼唤8个儿子的乳

《八子参军》版画

名。守在老人身边的家人，泪水止不住地往下流，都不忍心把八兄弟牺牲的噩耗告诉他。老人带着遗憾离开了人世。

为了永远铭记父辈的光荣，杨荣显的孙子们在家乡的山坡上堆起了8座空坟，每年的清明都要前去扫墓祭拜。

# 十 七 棵 松

在瑞金叶坪黄沙村华屋村后的小山上，17 棵高大苍翠的青松连成一片。每棵松树上都挂着一块刻有华屋烈士名字的红色小木牌，人们称其为“信念树”。在这四季常青的“信念树”背后，却蕴藏着一段壮美感人的故事。

华屋十七棵松的纪念亭

华屋村，是远近闻名的“红军村”。当时仅有 43 户的华屋村，几乎家家户户都有青壮年争相报名参加红军。而在长征出发之前，华屋村又有 17 名青壮年踊跃报名参加了红军，其中就包括年仅 13 岁的华崇宜。

小崇宜家世代贫穷，屡遭地主盘剥，生活艰苦，他是家中的“独苗”。年幼的崇宜原本不打算报名参军，一心只想留在家中照顾体弱多病的母亲。当看到家家的青壮年都踊跃报名参军，崇宜娘生气地对儿子说：“快去！快去！你娘这辈子没啥出息，难道你也要像娘这样没有出息吗？”说完她便将年幼的崇宜一把推出了门外。

渐渐地，入伍参军的日子近了，为了表达革命必胜的坚定信念，小崇宜便和另外16名青壮年相约来到后山的蛤蟆岭，每人种下一棵松树。他们约定革命成功后，都省亲故里，回报乡亲；如果有人牺牲了，活着的人不仅要为阵亡的兄弟孝亲敬老，还要照看好这些松树。

如今，17棵苍松都长成了郁郁葱葱的参天大树，17位勇士却都在长征途中壮烈牺牲，再也没能回来。

新中国成立后，当地政府给他们的亲属颁发了革命烈士证书。乡亲们用红漆把华崇宜等17位烈士的名字写在小木牌上，钉在树上，并将这17棵松称为“信念树”。

青松如兄弟般一棵挨着一棵，17位烈士的名字将被后人永远铭记。每到清明时节，华屋人都要在“信念树”上挂红纸、点红烛、系红绸，给小木牌上的名字涂上红漆，以特有的方式纪念亲人。每当有大事、喜事，华屋人都要到树下聚聚，唱红歌，回忆往昔峥嵘岁月，畅想明天美好生活。

# 马前托孤

兴国县革命烈士纪念馆陈列着一尊名为《马前托孤》的雕塑，它描绘的是血与火的岁月里，发生在赣南苏区的一个动人心魄、催人泪下的故事。

《马前托孤》雕塑

1934 年 10 月中旬，国民党军进攻兴国县城，李美群利用支前参战的间隙，抽空回家看望出生不久的女儿。可是，她前脚刚迈进家门，还没来得及抱抱女儿，就接到了少共省委要她立即返回省委驻地宁都接受新的战斗任务的命令。

李美群慈爱地看着女儿,不禁流露出不舍的表情。她知道,前方战事危急,共产党员可不能畏难不前,不能影响党组织交给自己的任务。可是如果自己走了, 幼小的女儿又该托付给谁呢? 在这革命紧急的关头,容不得李美群做过多的考虑。

李美群扑通一声跪在了婆婆面前:“妈,美群不孝,孩子就托付给您了! ”

婆婆看到这情形,心里也不是滋味,很是为难:“孩子啊,我自己的老命都不晓得早晚,怎么养得大她? ”

李美群哽咽着说:“妈,您老人家带不了,就替我送给别人吧。不过,您要把她送给革命同志的家庭。”

说完,她便翻身上马。那一刻,李美群的泪水夺眶而出,多想再下马给孩子喂口奶,多想再亲亲女儿的小脸蛋,多想再听女儿一声稚嫩的啼哭啊! 然而远处传来的枪声、引颈嘶鸣的战马都在催促她重上战场。她狠心地在马背上抽了一鞭,疾驰而去。当回头望去时,婆婆和女儿的身影越来越小,李美群心如刀绞。

这一别竟成诀别,1936 年春天,李美群牺牲,时年 25 岁。

# 支援红军架桥

1934 年 10 月，准备长征的红军为了顺利渡过贡水河(即于都河)，中革军委要求在近百里的于都河上架设多座浮桥。为支援红军架桥，于都县城居民几乎把家中所有的门板、木料甚至寿木，都捐献出来。

贡水河(于都河)

于都县城东门有户姓曾的人家，刚出月子的儿媳得知架浮桥需要木料，便将自己睡的床板捐献出来。母子二人只能在地上铺禾草，再垫上草席，就地而眠。

曾大爷听说架桥工地上仍缺门板，回来跟儿媳商量，儿媳为难地说："哪里还有门板？各家各户都捐出去了。"

曾大爷说："现在情况紧急，红军就等着这几块门板架桥呢！不如将给我准备的那副寿木拆了，给红军送去。"

儿媳一听，着急地说："不行不行，万一……"她背转身去，偷偷地抹泪。

曾大爷看出了她的心思，笑着说："你是怕我死了没法埋？哎呀，用张草席将我裹了，往黄土里一埋，不就归仙了？"

说着，曾大爷从屋角拿出一把斧头。儿媳见他果真要砸棺，急忙扑在棺木上，用身体护住棺木，痛哭道："要砸，你就往我身上砸。"

曾大爷语重心长地说："好儿媳啊，难得你有这片孝心。现在，我们把寿木捐出去，稍后的日子，我们攒足了钱再买。红军现在是火烧眉毛，等着这几块板救急啊！"

曾大爷急红军之所急的心情感染了儿媳。原来，曾大爷一家靠打鱼为生，红军没来之前，终日以船为家，漂泊在于都河上，受尽了渔霸劣绅的欺压。红军来了之后，通过土地革命，曾大爷一家才分到一间房子、两亩多地，日子逐渐好了起来。曾大爷的儿子还娶了媳妇，成了家。半年前，曾大爷的儿子踊跃报名，参加了红军。

儿媳见拗不过他，只好含泪让曾大爷将棺木拆了。媳妇又担心地问："不晓得我们将棺材板送去架桥，红军会不会嫌弃？"

曾大爷说："嫌弃什么，按我们于都人的说法，送棺材又送官又送财，送给红军这是大好事嘛！"说得儿媳也笑了。于是，两人高高兴兴将寿木送到架桥工地。

正在架桥的工兵连长知道了此事后，向前来工地视察的军委主席朱德和副主席周恩来做了汇报。周恩来感慨地说："于都老表真好，苏区人民真亲。"

# 甘做共产主义铺路石

寻乌革命烈士陵园里，矗立着一座古柏烈士纪念碑。1984 年，邓小平亲自为纪念碑题字。

古柏一生为革命事业而奋斗，有位好心的长辈，非常担心古柏的安全，曾劝告他说："自古以来时代之变迁，政党之初期发展，一定要牺牲不少青年，为党铺平道路，党之主义才能实现。难道你愿意做共产主义的铺路石吗？"

古柏听后，坚定地回答："我愿意这样做！没有铺路的人，哪有康庄大道可走？"

这位长辈听后非常惊奇，又问："难道你不怕死吗？"

古柏从容地回答："信者不惧！"

正是因为对共产主义具有坚定的信念，古柏和他的战友们一起，于 1927 年冬在寻乌县建立了中国共产党寻乌支部。1928 年 3 月 25 日，又参与领导了寻乌农民武装暴动。暴动失败后，敌人四处搜捕古柏等暴动领导人，屠杀了一大批革命群众。他没有气馁，更没有停止革命斗争。不久，古柏领导组建了赣南红军第二十一纵队，创立和发展了寻乌红色区域，并担任中共寻乌县委书记。

1930 年 5 月，古柏协助毛泽东进行了著名的"寻乌调查"，深得毛泽东信任。随后，被调任中共红四军前委秘书长。其间，他坚决贯彻执行以毛泽东为代表的正确的革命路线、方针和政策，与邓小平、毛泽覃、谢唯俊一起，受到王明"左"倾错误领导者的残酷斗争和无情打击，被撤销党内外职务。可他仍然坚定地相信正确路线一定会战胜错误路线，革命道路再曲折，也一定会胜利，因而始终积极工作，勇敢战斗。

1934 年 10 月，中央红军主力长征后，古柏奉命留在赣南开展游击战争。1935 年 3 月 5 日，古柏在广东省龙川县上坪镇的鸳鸯坑向游击队传达中央指示精神时，被敌人包围。古柏为了掩护同志们突围，不幸壮烈牺牲，年仅 29 岁。

为了深切悼念古柏，1937 年秋，毛泽东亲笔题词："吾友古柏，英俊奋发，为国捐躯，殊堪悲悼。愿古氏同胞，继其遗志，共达自由解放之目的。"毛泽东的题词，连同古柏的丰功伟绩，永远镌刻在历史的丰碑上，光耀千秋。

古柏烈士纪念碑

# 半面红旗

在江西吉安县革命烈士纪念馆里，陈列着半面写有“奋斗”二字的红旗，它见证了一段悲壮感人的历史，诉说着那段艰苦岁月里的斗争故事。

1934年10月，中央红军主力长征后，时任中共江西省委代理书记曾山，受中央委派留了下来。他率领一部分地方红军和伤病员，在赣南山区坚持游击战争，牵制敌人对红军主力的追击。在敌人的重重围困中，曾山和战友们艰苦转战了几个月。

1935年1月，曾山率部队突破敌人的封锁线后，与中共公(略)万(泰)兴(国)特委书记胡海率领的游击队在东固会合。3月中旬，曾山、胡海率部与中共杨赣特委书记罗孟文率领的红十三团在崇贤胜利会师。这时，部队集中了2000多人，引起了敌人的注意。

面对敌人包围的危急局面，部队召开了紧急会议，决定分路突围。

会上，曾山向战士们细致地分析形势和任务。他说：“现在的情况是敌强我弱，硬打硬拼等于自取灭亡。我们必须改变策略，突围转移到新的根据地去，那里还有我们的许多同志。我们的力量太弱小了，但是我们联合起来，革命的力量还会壮大！”

胡海接着说：“俗话说，留得青山在，不怕没柴烧。突围转移不是退缩，而是为了保存革命的火种。”

简短的动员会，给战士们鼓起了新的希望。

午夜时分，曾山率部分头行动。在与胡海分别时，他从衣袋里拿出一面写着“艰苦奋斗”四个大字的红旗。这面红旗原是苏维埃政府给留守部队的纪念品。曾山将红旗一分为二,递给胡海,满怀信心地说:“这面红旗我们各拿一半,等到胜利会师的时候,再把它缝合起来吧!”

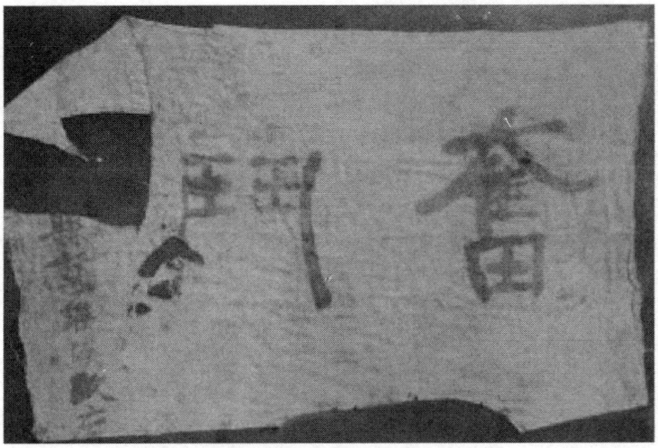

写有“奋斗”二字的半面红旗

胡海郑重地接过半面写着“奋斗”的红旗,坚定地回答:“革命一定会胜利,共产主义事业一定会成功,让我们大家朝着这个目标艰苦奋斗吧!”

曾山把写着“艰苦”二字的半面红旗藏在怀里,带领游击队突围。一天,曾山和战士们遭遇了敌人的袭击。在激战中,曾山的那半面红旗不慎遗失了,可艰苦奋斗的精神一直铭刻在他心里,一生都没丢失。

胡海在一次突围行动后,将那半面红旗和随身携带的文件、印章交给亲人保管,并交代他们一定要保存好,万不可落入敌人之手。后来,胡海被叛徒出卖,惨遭敌人杀害。由他转交亲人珍藏的半面红旗,在新中国成立后被献给政府,收藏在吉安县革命烈士纪念馆,教育后人牢记艰苦奋斗的精神。

# 背 金 条

游击战争期间，项英、陈毅与战士们患难与共，同住山洞草棚，同嚼山果野菜，过着艰苦卓绝的生活。从中央苏区撤离时，他们身上藏着一大笔经费，虽然在异常艰难的岁月里斗争和生活，但是他俩从来没有私自挪用过一分钱。

有的战士看到他们腰间总是缠着一条鼓鼓囊囊的布腰带，便背地里指指点点，议论此事。

陈毅听说后，便和项英商量："把这些金子分开背吧，若遇到意志不坚定的人，等于给他发了逃路费；继续瞒下去吧，已经瞒不住了，造成战

赣粤边大余岭南部主峰油山

士们的猜疑，对军心不利。怎么办？还是展开民主讨论，把事情向大家讲个明白。”

一天，项英和陈毅在油山上乐召开会议。会议结束时，大家正要离去，项英叫大家等一等。项英和陈毅从腰间解下他们那条鼓鼓囊囊的布腰带，放在石板上。大家非常纳闷，疑惑不解地望着他们。

陈毅把两条腰带的一头解开，用力一提，“哗啦啦”地倒出一堆金光闪闪的东西。

“果然是金子！”几个战士露出猜对了的笑容。

项英指着金子，大声地说：“我们身上带的这些金子，是党交给我们保管的经费。发展党的事业，要靠这笔钱；发展部队，也要靠这笔钱；进行革命斗争，还是要靠这笔钱。我们个人绝对不会乱用一分一厘。今天，我们和大家讲清楚，这是党的经费，大家都有责任来保护！”

会场上鸦雀无声。陈毅严肃地接话道：“项英同志说得对，这是党的经费，是准备特殊情况下应急用的。实行经济民主，是我们的传统，不要说这么一点金子，就是打土豪罚了多少款，也应该让同志们知道！”

“如果我们牺牲了，尸首可以不要。”陈毅指了指这堆金子，斩钉截铁地说，“但钱无论如何要拿回来，不能落到敌人手里。现在，我提议把这些钱交给部队中最可靠的人来背！”

大家被项英、陈毅正直无私的精神感动了，一致对他们说：“你们背的是金子，我们早就猜到了。党的经费应该让最可靠的人保管，你们两人就是最可靠的人！我们完全相信你们。”

# 腰缠万贯的“讨米人”

刘启耀(画像)

刘启耀是兴国县龙口乡睦埠村人,原本是一个撑竹排的工人。参加革命后,他学习了文化,最终走上了江西省苏维埃政府主席的领导岗位。

1934 年 10 月,红军主力长征后,刘启耀奉命留守苏区,坚持游击斗争。在一次突围战斗中,他不幸左胸中弹,负伤昏迷了过去。战友给他包扎好伤口后,为了不让敌人发现,把他放在树木丛中。

刘启耀醒来后,发现战友已经转移,自己与组织失去了联系。他突然想起组织上要他妥善保管的一笔经费,便顾不上自己的伤势,艰难地回到原来藏身的洞口,取出了埋在乱石堆中一个沉甸甸的小布包。他小心翼翼地打开布包,当看到小布包里装着的金条、首饰和银圆都保存完好时,才长舒一口气。

刘启耀重新包裹好小布包,把它紧紧地系在腰间,用身上的烂棉袄遮盖住布包。

那时正值隆冬时节,天寒地冻,北风呼啸。刘启耀在遂川、万安、泰和一带流浪乞讨,一边秘密寻找党的组织,一边联络失散同志。渴了,喝口冰凉的溪水;饿了,给附近人家干点农活,讨些米吃;困了,躺在茶亭庙角里打个盹儿。

几个月过去了,刘启耀衣着褴褛、面容憔悴、满脸胡须、披头散发,俨然是个乞丐模样。没有人知道他的真实身份,更令人不可思议的是他腰缠万贯,却宁可讨米讨饭,忍饥挨冻,始终坚持不动用这笔公款的一分一毫。他苦苦探寻了整整两年,终于找到了组织。

1937 年初,江西临时省委在泰和县成立,刘启耀当选为临时省委主席。

在临时省委机关成立后的第一次常委会上,大家都为省委今后的办公经费发愁,刘启耀撩开他的破衣烂衫,把腰间布包取下放在桌上。他对大家说:“这是我突围时,组织交给我保管的省苏政府的经费,今后归临时省委支配。”会上的同志看到金条和银圆时都惊呆了。谁都不曾想到,流浪乞讨多年的刘启耀,竟然是个腰缠万贯的“讨米人”!

刘启耀用实际行动展现了共产党人无私的品质。

# 陈毅与《梅岭三章》

1936年年底，赣粤边游击区处在黎明前最黑暗的时刻。1937年4月底，项英、陈毅在梅岭召开会议，研究兵运工作。在国民党粤军第四十六师做兵运工作的陈海（原名陈宏）也参加了会议，他在回大余途中被捕叛变。国民党利用叛徒陈海，谋划了诱捕项英、陈毅等领导人的“梅岭事件”。

有一天，中共赣粤边特委接到内线交通员的一封机密信。信中说：党中央派人来了，带来了重要指示，要负责同志到大余城南一个饭店里会面。写信人是陈海。

与党中央暂时失去联系的项英、陈毅，听到党中央派人带来了消息，自然十分高兴。为探明虚实，陈毅决定亲自到大余县城走一趟。

5月2日，陈毅和中共梅岭区委书记黄赞龙从梅山的杨梅坑下山，穿过莲花梁，直奔大余县城。他们先找到陈海的住处，看见一个妇女正在门前洗衣服，黄赞龙估计她是陈海的老婆，就问她：“陈海先生在家吗？”

她因不认识陈毅、黄赞龙，就告诉说：“到团部去了。”

陈毅把“团部”听成了“糖铺”（当时特委在大余西水门外的梅风桥头开了一家广启安糖铺），两人就直奔糖铺而去。

当他们转弯走向糖铺时，看见国民党军正在那里搜查。糖铺的老工人告诉他们：“陈海叛变了，你们快走！”

此时，大街已经开始戒严，国民党军正在街上盘查行人。为避免引起敌人的注意，他们分道返回梅山。

当陈毅赶到山上时，他被一个国民党士兵抓住问："老表，给我带个路。"

陈毅推托说："我是城里的教书先生，到这里来买茶叶，也不熟悉路。"

陈毅趁其不备，迅速逃进山里。

凭着多年的经验，陈毅很快找到了隐蔽在林子里的同志。然而情况紧急，项英、陈毅分析了情况，估计国民党军还会再来，决定马上离开斋坑。陈毅忍着腿伤，和大家爬山越岭，一口气走了 30 多里，在斋坑北边的一座山里隐蔽起来。但山上什么吃的也没有，只能捡些苦菜叶子充饥。果然不出所料，敌人的大队人马开进山里来，将同志们原先住过的那个棚子包围得严严实实。这次，敌人带来了狼犬、探照灯，但没有找到陈毅等人。敌人十分不甘心，又继续增兵，把梅山围困了 20 余天。

在这期间，陈毅历尽艰险，伤病复发，生命安危系于一发。但是，他始终充满共产主义战士的革命乐观主义精神。当陈毅隐藏在茅草丛中，敌人就在附近号叫着搜捕时，他写下了气壮山河的《梅岭三章》：

断头今日意如何？创业艰难百战多。此去泉台招旧部，旌旗十万斩阎罗。

南国烽烟正十年，此头须向国门悬。后死诸君多努力，捷报飞来当纸钱。

投身革命即为家，血雨腥风应有涯。取义成仁今日事，人间遍种自由花。

这首诗表现了陈毅作为一个无产阶级革命家，视死如归、坚贞不屈的崇高气节和坚信共产主义事业必胜的理想信念。他凭借着革命乐观精神，以超强的胆略和坚定的意志，机智勇敢地领导着同志们与敌人周旋于梅山，最终彻底粉碎了敌人的阴谋。

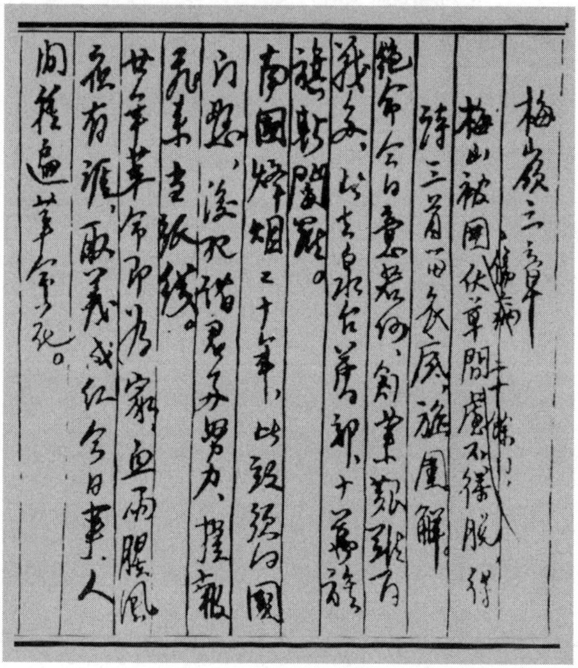

陈毅《梅岭三章》手稿（新中国成立后，陈毅对原稿进行了修改）

# 方志敏故事

# 方志敏的“绰号”

方志敏求学时照片

方志敏在南昌第二中学读书时，学校有一个组织，叫“江西改造社”。主持人袁玉冰、黄道看中方志敏是个革命青年，便介绍方志敏加入了江西改造社。后来，他们都成了马克思主义的信徒。

1921 年秋，方志敏考上了九江的南伟烈大学(即同文书院)，这是一所教会学校。在校期间，方志敏仍很关心时事，他大量阅读新杂志，研读马克思主义的著作，而且研究俄国革命发展的情况，并把在中国实现社会主义当成终生追求的目标。平日跟同学们谈话时，也常常宣传社会主义的理论。同学们笑他，给他起了个绰号，叫“社会主义”。

三个多月后，方志敏团结了一些同学，成立了读书会。读书会从看新刊物开始，后来发展成研究马克思主义的小组。读书的办法，是由方志敏指定一位同学读某一本书的一部分，晚上熄灯之后，大家躺在床上轻声讨论书中内容。如讨论不完，便利用第二天的午餐或自修前的时间，到偏僻处继续讨论。后来，读书会又把学校做礼拜的时间，变成了读马克思主义理论著作的时间。于是每逢那些虔诚的牧师和教徒们在祷告、说教的时候,方志敏和读书会的同学们就开始读马克思主义理论的图书了。

方志敏对那些有崇洋媚外思想的同学很看不惯。他问一个同学:“你怎么对洋人总是这样恭敬呢?”那同学回答说:“你这还不知道,在洋学堂读书,不尊敬洋人,还尊敬谁?倘若谁得到洋人的欢心,在校可望免费读书,毕业之后,包管你容易找事。如搞得更好的话,还可以在洋人帮助之下,去美国留学呢!密司特方,我不客气地说一句,像你不敬洋人,又不信教,那只好去讲你的‘社会主义’了。”

方志敏听到这番扬扬自得的腔调,心里很是不屑:“你可以去追求那一月几十块的花边(银圆的俗称),我走我的社会主义之路!”

那段时间,方志敏经常带领同学们上街张贴标语,宣传演讲,开展反帝爱国运动,走上革命道路。

# 两条半枪闹革命

在赣东北革命根据地传唱着这样一首民谚:“上有朱毛好主张,下有方邵打豺狼。第一英雄方志敏,第二将军邵式平。两条半枪闹革命,打倒土豪为人民。”

“两条半枪闹革命”,指的就是在大革命时期江西省农民协会常委兼秘书长的方志敏,领导农民开展的漆工镇暴动。

漆工镇地处弋阳县北部九区中心,有2万多人口。19世纪初,北洋军阀的江西省警察厅在漆工镇设有一个警察所,掌握着十条枪的武装。警察所与当地土豪劣绅相互勾结,鱼肉百姓,破坏农民运动,镇压革命,当地群众早就恨之入骨。漆工镇党组织决定组织农民武装暴动,拔掉警察所这颗“钉子”。

暴动前夕,漆工镇党组织和农民协会派代表到南昌请示方志敏。方志敏指示,目前的革命形势发展很快,北伐军已占领南昌、九江,正在向赣东北推进,要抓住这个有利时机,发动群众,举行武装暴动,砸烂漆工镇警察所,夺取枪支,武装农民协会。

根据方志敏的指示,漆工镇党组织和农民协会连夜召开会议,对暴动进行具体部署,做好暴动前的准备工作。他们以修桥修路为名,积极筹款筹粮;以保族保乡为名,大量购置鸟铳等武器;以上山打猎为名,进行各种操练。

经过一段时间的积极筹备,武装暴动的条件已经具备。

漆工暴动纪念馆

1926年冬，在漆工镇党支部书记方远杰和黄镇中等人的组织指挥下，漆工镇农民协会举行起义。200多名农友们举着红旗，打着火把，手执大刀、梭镖、鸟铳，举着锄头、扁担，冲进了漆工镇警察局派出所，赶走了反动巡官余麻子。

方志敏通过邵式平指示农民自卫军武装接管了漆工镇警察局派出所，由共产党员担任巡官，警察由农民自卫军担任，实现了“一切权力归农会”。

漆工镇起义缴获了三条步枪。一条是德国造的“双套筒”枪，一条是武汉造的“汉阳造”，一条九响毛瑟枪，因缺少退子钩，而且被裁掉半截，只算作半条枪，所以大家称“两条半”枪。后来人们把这场斗争称之为“漆工镇暴动”，方志敏“两条半枪闹革命”的故事也在群众中广泛传诵开来。

# 怒 扫 银 圆

1927年春,方志敏在南昌任江西省农民协会常委兼秘书长。他的家乡弋阳县烈桥一大劣绅因对抗农民运动,被县农民协会关进了监狱,这下可把他的老婆急坏了,她想:“我去找省里当大官的方志敏帮忙,他小时在我家读过书,总会念及师生旧情吧。”

这天,方志敏正在国民党省党部农民部的办公室里处理公事,听说来了家乡人,方志敏十分高兴,连忙吩咐有请。不一会儿,只见一个五十开外的妇人,提着个沉甸甸的蓝花布包裹,跟着勤务员走进门来。方志敏起身定睛一看,原来是自己念私塾时的师母、被抓劣绅的老婆。

他的老师因为对抗农民运动被家乡农民协会抓起来的事情, 方志敏知道。现在他的老婆在这个时候找上门来,来意不言而喻。

出于礼节,方志敏还是倒了一杯热茶递给她。劣绅老婆落座后,四下一打量,一张旧桌,四张旧木椅,心里犯起了嘀咕,“他真的是当了大官吗? 怎么穿的还是穷酸样子。”

“远镇,我这次来,一来看看你,二来有件事求你帮帮忙。”劣绅的老婆叫着方志敏原来念私塾时的名字,先套点近乎。

方志敏微微一笑,说:“师母,是为老师的案子来的吗?”对方连声应道:“正是,正是,我就是为这件事特意来找你的!”

方志敏说:“你是要我出面讲讲情,放老师出来?”劣绅的老婆忙不迭地回答:“正是正是。远镇呀,你如今是全省农协的头,只要你一句话,就会放你老师出来了。”

方志敏正色道:“师母,你错了。老师号称北乡王,长期欺压农民百姓,罪恶深重,我怎么能为他讲情?”

“远镇呀,你老师确实罪有应得。但求你看在师生的情分上,放他一马吧!”她把包裹放到了方志敏面前,“这里有 100 块大洋,你拿去用吧。”

“我不是这种人,你收回去!”

“远镇呀,只要让你老师回去,我一定重重谢你!”

方志敏怒不可遏,猛地一拍桌子,严肃地说:“他罪恶深重,必须接受县农协的审判,怎么可能因为是我方志敏的老师就免除了罪责?你带上你的钱回去吧!”

随即将桌上的银圆一把扫到地上。

就这样,劣绅老婆在方志敏的逐客令下,带着沉甸甸的包裹垂头丧气地离开了。

方志敏故居

# 方志敏救妻

1927 年 11 月中旬，中共鄱阳县委秘密机关遭破坏，被捕的县委书记林修杰、特委军事部长周菽菡惨遭国民党反动派杀害，县委秘书缪敏因为年轻而且身份没暴露，所以只是被关，没有被杀。国民党县政府放出话来，只要她家里交出 400 块大洋，就可以保释。

缪敏是弋阳县缪家村人，乳名细姩，是最得父母疼爱的小女儿。1927 年，缪敏和方志敏结婚，新婚后仅三天，因党的工作需要，方志敏和缪敏都各自回到自己的工作岗位。

在横峰秘密组织年关暴动的方志敏，得知妻子被捕的消息后非常着急。身边的同志都劝道："人命关天，敌人一旦知道细姩的真实身份，就必死无疑了，赶紧拿 400 块大洋去救细姩。"

方志敏心里虽然着急，但是对于同志们用公款救人的提议直接否决了，他说："我手中的钱不是自己的，而是公家的钱，一分一厘都要用于革命事业，不能为救自己的妻子而丧失原则。"

方志敏对关心缪敏安危的同志说："既然细姩的身份没有暴露，我们想想其他办法。"

方志敏连夜赶赴鄱阳，让人设法与牢房中的缪敏取得了联系，自己则找到县委机关的房东柳大娘，请她帮忙搭救缪敏。

县衙门审案这一天，姓宋的县长亲自坐堂。柳大娘在堂上一口咬定缪敏是自己的远房亲戚，从弋阳到鄱阳来当用人，不会是共产党。缪敏按照事先约定，所以她的陈述与柳大娘的话正好吻合。

在堂上，缪敏还一哭二闹大叫命苦。那位宋县长怎么看怎么觉得这么年轻的姑娘的确不像共产党。因此，第一次堂审没有结案。

在接下来的第二次、第三次审案，柳大娘言辞不变，缪敏照样又哭又闹。国民党县政府见拿不出任何凭据证明缪敏是共产党，只好宣布当庭释放。

被关押 40 多天的缪敏终于获释，随即坐船返回弋阳。

方志敏以他的胆略与智慧，成功救出爱妻。在至亲的人面临死亡威胁时，方志敏始终不肯动用公款，表现出他廉洁清正的崇高品格。

方志敏用过的文件箱

# 河 口 脱 险

1928年冬，方志敏、邵式平、黄道等领导的革命武装斗争烈火在赣东北大地熊熊燃烧，国民党军队对赣东北革命根据地进行了局部疯狂“围剿”，河口镇就是敌军的一个据点。

河口镇商业繁荣，物资丰富。为了给红军筹办军需物资，一天上午，方志敏和邵式平装扮成商人，冒着危险过江来到镇上。

进入镇上不久，邵式平警觉地发现他们身后有两个鬼鬼祟祟的人影，他意识到被敌人跟踪了。于是，他轻轻碰了碰方志敏的胳膊，压低声音说道：“后面有狗。”

方志敏朝邵式平使了个眼色，两人继续前行，一面走一面思考对策。来到一家饭店前，方志敏跨进店门，问道：“伙计，里面可有茅厕？”店伙计见是个商人，忙指着屋后说：“在后面，客人请便。”

方志敏和邵式平快步向后面走去，因为熟悉地形，出了后门，两人又从小巷拐回到大街上，不料回头一看，并没有甩掉两个特务。

怎么办？两人边走边想对策。方志敏猛然看到前面不远的一家店铺的门楣上高悬着“朱大昌”的招牌。“有了！”“朱大昌”商号的老板朱光明是个开明绅士，曾多次帮助红军采办物资。于是方志敏和邵式平目光一对视，便一前一后大摇大摆地走进店门。

账房里，朱光明看见方志敏、邵式平两个老熟人进来，忙起身招呼。方志敏悄声道：“朱老板，后面有狗。”

河口古镇

朱光明一听，连忙把方志敏和邵式平领到内宅夹墙的暗室里藏好。

门外两个特务看方志敏、邵式平两人进了“朱大昌”商号，他们清楚，“朱大昌”是镇上的大商号，商号老板朱光明同国民党军界、政界要人关系密切，靠山很硬。两人决定在商号门口守候，等方志敏、邵式平两个人出来再实施抓捕。

两个特务在门口守了半天，不见方志敏两人出来，心里急了，眼睁睁放走了两个共党，让上司知道了，这个罪名可担待不起，便赶紧回警察局报告。

警察局长一听，马上召集人马赶到“朱大昌”商号。他一见朱光明就厉声质问：“听说有两个共党进了贵店，朱老板可晓得？”

朱光明说：“小店经营多年，一贯奉公守法，来往都是生意人，哪里会有什么共党？”

警察局长冷笑道：“有无共党，让我们进去搜一搜就知道了。”

朱光明神态自若地说：“那就请吧。”

警察局长带着人在店里店外仔细搜了一遍，哪里找得到方志敏和邵式平的人影。

警察局长尽管没抓到共党，但是拿着朱光明给的二百大洋赏钱，带着他的人马兴高采烈地走了。

就这样，方志敏和邵式平在“朱大昌”商号的夹墙暗室里待了七天，不仅安排妥了军需物资的购买，而且还宣传了革命主张。

完成任务后，方志敏和邵式平两人在朱光明的精心安排下，扮成渔夫顺利渡江，安全回到对岸苏区。

# 一把稻草搓成绳

1928年1月,方志敏、邵式平、黄道等领导农民革命团发起了轰轰烈烈的弋(阳)横(峰)农民武装联合大暴动。

在弋横武装起义总指挥部的统一领导下,程伯谦、黄立贵等率农民革命团第六纵队32个农民革命团3000余人举行暴动,以枫树坞为中心,向葛源镇、篁村等地发展。在一举攻下葛源镇后,附近几十个村庄不战而胜。为了庆祝胜利,农民革命团决定在葛源街万年台召开庆功大会。方圆几十里的老百姓都一传十、十传百地涌向了葛源村。

这天,万年台上披红挂彩,锣鼓喧天,台下人山人海。“这回好了,听说我们要分田了!”“哈哈,我们也要有地了!”“再也不会饿肚子了!”“会不会过几天国军又回来了?”“秋后算账怎么办?”“分给我们的田敢要吗?”

程伯谦兴冲冲跑过来说:“总指挥,可以开始了。我们估摸了一下,今天这里有六千人。”“好,我们上去。”方志敏说完,大跨步走到台中间。

人群渐渐安静下来。方志敏说:“乡亲们,我们这次暴动赶走了白狗子,打倒了土豪,镇压了劣绅,没收了他们的田地。下一步我们革命团就要把地分给大家,让大家有地种,有饭吃,有衣穿!”

这时候台下突然有人大声说“白狗子回来了怎么办?”“是啊,他们会把田抢回去的!”人群开始躁动。

方志敏双手往下一按,示意大家安静。“乡亲们莫急,听我说。”他弯腰捡起一根稻草举到半空扯断，“你们看，一根稻草一扯就断。”他又弯腰拿起一把稻草，双手快速地把稻草搓成了草绳，高高地举起草绳用力扯着，“你们看！稻草搓成了绳就不是那么容易扯断了。只要乡亲们像这根草绳一样‘搓’在一起，即使白狗子来了，我们也能把他赶跑。一人拾柴火不旺，众人拾柴火焰高。只要我们团结起来闹革命，掌握了自己的命运，就能过上好日子！”

方志敏的讲话激起了台下群众的革命热情，“对，我们也要搓在一起闹革命！”每个人脸上都洋溢着喜悦和激动。

在方志敏“稻草搓成绳”的通俗理论号召下，赣东北广大贫苦农民踊跃投身革命斗争，革命烈火轰轰烈烈烧起来，革命根据地发展越来越大，扩展到闽浙赣皖四省，成为土地革命时期全国有影响的革命根据地之一。

横峰葛源万年台

# 智歼靖卫团

1929年6月,方志敏同黄道一起,领导了以贵溪周坊为中心的农民武装暴动,创建了革命根据地,并建立了地方党组织,由方志敏兼任中共贵溪县委书记。

这可把国民党贵溪县政府的官员们吓坏了,他们立即决定派军队下乡镇压这些造反的泥腿子。

一天,方志敏正在这个县的陈文义村开展打土豪、分田地和建立苏维埃政权的试点工作,突然接到贵溪县城地下党组织派人送来的紧急情报:国民党靖卫团团总翁志高明日就要亲自带部队进攻周坊、陈文义等村坊,捕杀方志敏、黄道和各乡各村的共产党员。

情况紧急,方志敏立即召集黄道等人商议对策。当时,贵溪暴动区域还来不及组建工农红军,农民手中一支快枪也没有,正面和敌军硬碰硬显然不行,怎么办?方志敏、黄道认真分析了形势,想出了一个妙招。

第二天,翁志高带着100多人的靖卫团,扛着枪,顶着火辣辣的太阳,于中午时分到达离陈文义村只有3里地的桃源地界。这里是个三岔路口,路边有个小酒馆。在野外走了一个上午的匪军不等长官下令,便停下了脚步。

翁志高和几个匪军闻着酒香,凶巴巴地闯进了酒馆,对里面的顾客喊道:“出去,滚出去!”在厨房里的老板娘听得动静跑了出来,对翁志高说:“长官,您请坐。我今天正好杀了一头大肥猪,我叫这些伙计去村子里把大坛的好酒搬来，让长官们喝个痛快。”

大坛大坛的酒搬来了，肉也煮熟了。匪军们纷纷放下了枪，不等长官发话就开始喝酒吃肉了，可是狡猾的翁志高却迟迟没有动筷子。

不一会儿，匪军们一个个倒下了。翁志高知道情况不妙，快步走出饭馆，但一切都晚了。只听得“当！当！当！”猛然间一阵铜锣声从饭馆中传出，随之，周边的矮山、土坡、田野，到处传出响亮的铜锣声。农民们一涌而出，靖卫团的匪军们一个个束手就擒。翁志高虽然已上了马，但没有跑多远就被农民军的土枪击落马下，一命呜呼。

就这样，在方志敏、黄道的领导下，农民在桃源一举歼灭了贵溪县靖卫团。当地的老百姓交口称赞：“还是共产党人神机妙算，跟着他们，革命一定会成功！”

贵溪远景图

# 松树炮穿上篾箍

1929年11月间的一天下午，邵式平骑着快马，来到横峰县铺前乡苏维埃政府门口，用洪亮的嗓音喊道："乡苏主席在吗？"

"在！"乡苏维埃政府主席老练闻声走出来，见是邵式平，赶紧走过来，牵住马，说，"邵主席，请到里屋歇一下！"

"不用啰。"邵式平用马鞭向前一指说，"敌人已经开到百家畈了，打算进攻苏区，你们做好迎战的准备了吗？"

"报告主席，"老练回答道，"我们的20门松树炮已经造好，只是……"

"只是什么？"

"只是炮身的铁箍还没有打好。"

"什么？"邵式平急了，眼睛一瞪，说，"不加铁箍，炮身吃不住劲要炸膛，怎么用？今天夜里12点整，你们的松树炮如果打不响，明天我就要来打你们的板子。"说罢策马扬鞭而去。

军情十万火急，练主席紧急召开村苏维埃主席和乡赤卫队长会议，商量怎么加固松树炮身。让铁匠铺赶紧打铁箍，时间紧，数量又多，显然来不及。

正在大家着急，一筹莫展时，一位村苏维埃主席提议说："打铁箍一时半刻来不及了，用篾箍代替试试吧。我们家家用的水桶、禾桶、脚盆，不都是用的篾箍吗？新篾牢固，我看先打些篾箍应应急吧。"

大家眼睛一亮，觉得这个主意不错，便立即分头动手，找工具的找工具，扛毛竹的扛毛竹，破篾的破篾，打箍的打箍，箍炮的箍炮，争分夺秒地干了起来。

吃过晚饭，乡赤卫队把加了篾箍的松树炮抬到离百家畈不远的山上，将炮口对准目标。

深夜12点整，赤卫队长一声令下："放！"20门松树炮先后发出了"轰""轰""轰"的吼声。从松树炮膛里迸发出的铁砂子、铁钉、铁片，将敌人炸得头破血流，死的死伤的伤。更多的敌人被这些比炸雷还响的炮声吓得惊慌失措，四处逃窜。

第二天一早，邵式平打马来到铺前，拍拍老练的肩膀说："轰得好！白狗子吓得屁滚尿流，连夜溜走了。"

老练扮了个鬼脸，说："请邵主席打板子。"

"哈哈哈！"邵式平爽朗地大笑起来，说，"同志，我不加点压力，你们会想出这样的好办法吗？敌人杀上门来，你们的脑壳也要搬家啰！"

老练也高兴地说："我们急得没有办法，临时给松树炮打了几道篾箍，倒也管用。"

邵式平说："这就叫急中生智嘛！"

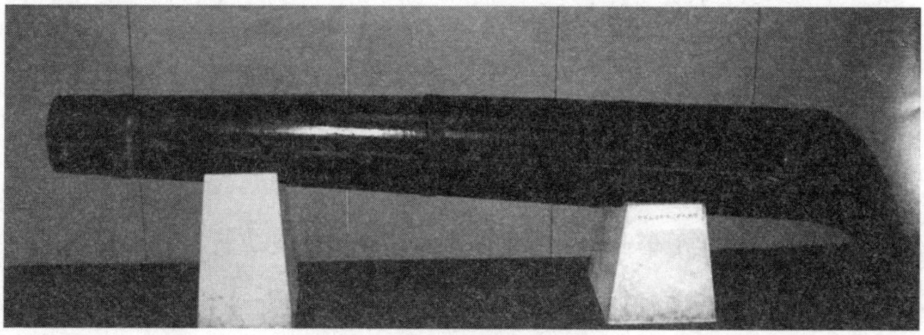

红军时期用过的松树炮

# 智取景德镇

1930年5月,中原地区军阀混战,赣东北地区的国民党军队大部分被调往大中城市和战略要地,赣东北一带敌人兵力空虚。

6月下旬,景德镇地方党组织在筹备瓷业工人武装暴动的同时,派马步英、胡仁辉赶赴信江苏区传送重要情报:驻守景德镇的国民党正规军被调走,只有两个保安队。星期天保安队放假,防守松懈。

方志敏等听完两人汇报后,会心一笑,“好,这是个绝好的机会。你们把消息带回去:7月6日是星期天,我们和你们相互配合,拿下景德镇。”

7月4日,方志敏率领红军独立团从弋阳芳家墩出发。5日傍晚,在乐平段家村歼灭了一小股偶遇的国民党军。方志敏看到被俘的国民党军士兵,心生一计,向部队发出命令:“湖南、贵州的同志出列,换上他们的衣服。”

就这样,攻打景德镇的先头部队组成了。他们穿着国民党军装,伪装成国民党的军队,连夜向景德镇逼近。

6日凌晨,天刚蒙蒙亮,先头部队来到景德镇的北城门。守城的哨兵发现后,急忙大声喝问:“你们是哪个部队的?”

一个贵州籍的红军战士用地道的贵州话回答道:“我们是江西保安部队许英团,奉命前来加强景德镇防务!”守城哨兵看着这支身穿国民党军服、满嘴外地口音的队伍,便打开了城门。

红军顺利进城后，在景德镇地方党组织以及工人纠察队的配合下，兵分五路包抄敌人的据点。驻守景德镇的保安队员头天晚上喝酒寻欢，大多沉醉在赌场、酒馆、烟馆、妓院，红军战士只开了几十枪，还在睡梦中的保安队员就纷纷举手投降了。

红军先后占领了景德镇国民党市党部、浮梁县政府、公安局、电报局等机关，并冲进监狱，解救了300余名被关押的革命同志和无辜群众。

仅用两个多小时，攻打景德镇的战斗就结束了。红军俘虏敌人400余人，缴获长短枪417支，子弹几千发，还缴获了敌人的2000余两黄金、50多万元银圆，以及大量的物资。红军独立团无一伤亡，创造了红军战斗史上的一大奇迹。

景德镇邮电局旧照

# 苏区的第一座公园

在横峰县的葛源镇,有一座列宁公园,它建于 1931 年。尽管规模不大,却是我们党历史上最早建造的人民公园。

1931 年 2 月,赣东北特区首府由弋阳县迁到横峰县葛源镇。3 月上旬,赣东北特区工农兵代表大会召开,成立了赣东北特区苏维埃政府,方志敏当选为主席。

在一次苏维埃政府会议上,方志敏提了一个建议:建造一座公园。

一向厉行节约的方志敏提出建公园,这让政府各位领导感到意外和不理解。于是,方志敏给大家讲了一段往事:

1922 年方志敏在上海时,几个朋友邀他去一个法国人建的公园玩。来到公园门口,看到门口立有一块牌子,上面写着“华人与狗不得入内”几个字。方志敏感到强烈的刺激,他扭头就走了。

方志敏对同志们说:“中国有五千年的文明历史,现在还受着外国列强的欺辱。我们现在建造一座属于赣东北苏区的公园,对全部的劳动大众开放,不该吗?”

苏维埃政府同意了方志敏的提议。大家纷纷行动起来,分头筹款、选址、组织劳动力。

在当时紧张的斗争形势下,方志敏依靠政府和苏区军民,排除种种困难,很快,一座占地 6000 多平方米的公园建成了。

公园坐落在葛源的中心——葛溪河滨。方志敏提议将这个公园叫做列宁公园，得到大家的赞同。

列宁公园是当时全国六大苏区中建造的唯一一座公园，也是我们党历史上最早建造的公园。在公园园门上，方志敏亲笔书写了“列宁公园”四个大字。园内有六角亭、荷花池、游泳池、枣林等。在六角亭旁有棵梭柁树，是方志敏亲手栽种的。梭柁树不畏严寒，常年青翠，方志敏选种梭柁树就是为了鼓励大家不怕困难，敢于胜利。公园内有一个游泳池，长80米，宽30米，还有跳水台、更衣室。游泳池设计有浅水区、深水区。原来设计水池的深度都是2.5米，方志敏知道后要求改动设计。他说2.5米的水深对会游泳的人来说无所谓，对不会游泳的人和小孩来说太危险了，如果出了事故，我们怎么向父老乡亲交代。

列宁公园正门

列宁公园六角亭

公园建成后，这里成了苏区人民群众的一处游乐点，赣东北苏区全民体育运动会的游泳比赛项目也在这里进行。方志敏也经常到公园里锻炼身体，并经常和红军战士、群众散步聊天。葛源镇也因此声名鹊起，“小小横峰县，大大葛源镇”，成为根据地老百姓向往的地方。

# 广开“盐”路破封锁

1931年,敌人对苏区加紧实行经济封锁,禁止食盐和其他重要物品输入苏区。敌人在白区成立食盐公卖处,限制人们买盐的数量,如果抓住将盐运往苏区的人,就要重重办罪。

由于食盐供应日益紧张,军用、民用都很困难。省委、省苏维埃政府和方志敏要求省消费合作社打破经济封锁,开辟贸易路线,广找食盐来源。

经过侦查,省消费合作社得知,敌人运往乐平县白区的淮盐,是在婺源县装船顺流而下的,途中要经过我方控制的铜埠。省消费合作社马上派人赶往铜埠。经过动员,过往船户同意出让部分食盐由省消费合作社购买。由于收购价格高于市场,一次下来,合作社收获不小。

几个月后,敌人终于发觉了他们运往白区的盐被苏区收购的情况,立即停止了从水路往乐平县城运盐,而改由陆路武装押送。

根据这一新的变化,1931年10月间,省消费合作社又召开紧急会议,研究新对策。

省军委主席邵式平在会上针对一些人的畏难情绪,严肃地说:“同志们,根据地比过去扩大了,红军也有了洋枪洋炮了,这些难道是从天上掉下来的吗?不是,是靠我们革命者的勇敢和不怕死的精神打出来的。同志们,打破敌人的经济封锁,也应该有这样的精神!同志们,干革命工作不但要有努力性、积极性、创造性,还要有勇敢不怕死的精神!”

接着他启发大家说,“全苏区有两三百个采办员吧，即使每人每天搞到一两斤盐也是个不小的数目呀。怎么搞呢？譬如我们去到边界,对从白区过来砍柴的人说:‘朋友,帮帮忙,你们把盐买来,再转卖我们,价钱嘛,假如你一元一斤,我就算二元一斤给你。你们上山砍柴,藏个一两斤盐不成问题。’你们还可以同白区的商人交朋友,敌人封锁我们,我们就请商人朋友开锁。”邵式平还特别交代说:“你们到边界或白区去办货,一不准赌,二不准嫖,三不准抽大烟,但可以同商人结交,在这方面花点钱有价值。你们搞采办的同志拜边界或白区的群众为干娘,必要时可以得到她们的掩护。”

这次会议后,省消费合作社派出了一批采办员,开辟由上饶到玉山和深入开化、婺源、德兴的两条主要盐路,打破了敌人的重重封锁,采办到急需的食盐,稳定了苏区的发展和群众的生活。

婺源老街

# 神奇的"红墨水"

在方志敏为数不多的"财产"里有一支"金星"牌自来水笔，方志敏非常珍爱，平时总是随身带着。可是由于敌人的严密封锁，买不到墨水，也就很少用它了。没想到，这支没有墨水的笔却有了派上用场的一天。

初夏的一个下午，方志敏到各村检查战备情况，路过一个老乡的家，听到里面传出小孩的阵阵哭声，进去只见中年妇女怀里的孩子在不停地啼哭，小腿还乱蹬乱踢。

"大嫂，这孩子怎么啦？"方志敏问。

这个妇女露出孩子的一只脚，只见脚背上长了一个大大的脓疮，已经溃烂了。

方志敏连忙从文件包里摸出一团药棉和一小包盐，叫通讯员小吴舀了碗水来，放入少许盐，将盐化开。他一手握着孩子的小腿，一手用药棉醮着盐水，轻轻地给孩子清洗溃烂的脚背。清洗干净后，他从上衣口袋里拔出那支"金星"自来水笔，向疮口挤了几滴"红墨水"，再用布将疮口包好。

几天后，那位妇女抱着孩子来向方志敏道谢："方主席，你不但会带兵打仗，还是一个神医，能用红墨水治病啊！"

方志敏爽朗地笑了："神医嘛，我算不上。我的笔里装的不是红墨水，是红药水。"

原来，有一次红军从外地弄来一批药品，方志敏见有红药水，就用自来水笔吸了一点，留着急用，想不到还真派上了用场。

方志敏“红墨水”治病的故事就这样流传下来了。

闽浙赣省苏维埃政府旧址

# 一块平绒布

1931 年初,红十军一举攻占弋阳县城。在堆积如山的战利品中,一块鲜艳的墨绿色平绒布映入缪敏的眼帘，她想:“如果用它来做一件衣裳该有多漂亮啊！”那一年,缪敏才 20 岁出头。可转念又一想:“我是方志敏的妻子,更是苏维埃的干部,我怎么可以把战利品据为己有呢。”缪敏果断转身离开了。

葛源成为红色省会之后,苏区的对外贸易有了很大的发展。生意交往多了,就连景德镇商会会长陈仲熙都成了方志敏的好朋友。

有一次,陈仲熙随白区参观团到苏区参观并洽谈贸易时,带来了一块崭新的墨绿色平绒布。在临走前的那天中午,陈仲熙借故离开正在同白区记者谈话的方志敏,找到方志敏的住所。

方志敏妻子缪敏在家。陈仲熙把平绒布放在桌子上,对缪敏说:“一块平绒布值不了几个钱,务请笑纳。”

缪敏知道这礼绝对不能收,因此推辞不收。但是在她忙着给客人让座、倒茶时,陈仲熙却抬脚急急离去。缪敏连忙从桌上拿起那块平绒布,追至门口,然而已经看不到陈仲熙的身影。

吃中午饭的时候,方志敏回来了。缪敏把陈仲熙会长来家里送平绒布的经过告诉了他,并提议:“我把这块布买下来可以吗？”

方志敏听完,眉头紧蹙,脸色一沉,对缪敏说:“白区商人的货物只能由对外贸易处统一收购，你私自留下来，等于是变相受贿。这可不行！”

说话间，方志敏已踏出门外，快步追上了正要离开葛源的白区参观团，把那块平绒布交还到陈仲熙手里。

随行的白区记者在归途上打趣道：“陈会长，你一世精明，大概也不会想到，你的好朋友会一点面子都不给吧？”

陈仲熙大发感慨：“是啊，给共产党的大官送点薄礼，就这么难！他们真的是一尘不染啊！”

闽浙赣省委旧址内的方志敏旧居

# 笑谈买盐钱

1932 年 12 月,方志敏担任了闽浙赣省苏维埃政府主席。

有一天,方志敏结束一天的巡视,在返回葛源途经家乡漆工镇时,顺路回家看望母亲。

刚刚到村口,就听到村旁的菜地里有人喊"正鹄(方志敏的乳名),转来了?""嗯呢,转来看看姆妈。"话音未落,说话人已经到了跟前,方志敏定睛一看,原来是隔壁的邻居大婶挽着一篮摘好的菜从地里回来了。

"婶,大家生活都还好吗?"

"好,现在有了苏维埃,我们的日子好过多了。"

一路上,都能听到乡亲们的热情招呼声:"正鹄,转来了!"

说着说着,方志敏来到了家门口,叫了声:"姆妈,我转来了。"

正在灶台烧火的方妈妈听到儿子回来了,激动地紧紧握着儿子的双手说:"儿啊,今天怎么有时间转来啊?你看你又瘦了,要注意身体啊!"

这个时候,邻居们都挤在方志敏家的堂屋里,七嘴八舌地说着话,"哟,现在正鹄当大官了,真好!""是哦,我们正鹄当了大官,我们也可以沾沾光了!"

这时,听得一个尖尖的嗓音说道:"如今兴苏维埃了,大家都奔好日子,可我们家买盐的钱都没有。你当了这么大的官都没有关照到我们,唉……""对呀,对呀。"人群里响起了一些附和的声音。

方志敏笑了,明白大家是向他来讨买盐钱的,于是对大家说:"大家都找地方坐坐，回家真好。”

挤坐在一起的几个大婶还在叨叨买盐的钱。

方志敏笑着说：“我什么时候成了地主老财，回来就可以帮你们开销买盐钱。”

婶婶们涨红着脸，辩解说：“都说你手上管着苏维埃几十万、几百万块钱呢！从你手缝里掉下两个饭粒也够我们开销一年半载，还在乎这两角子盐钱？”

方志敏语重心长地说：“我管的银圆是不少，几百万都有，可这都是苏维埃政府的钱，一个铜板也动不得。要是我拿苏维埃的铜板来给婶婶们买盐，那我和地主老财还有什么区别？”

堂屋里一下子安静了下来。方志敏接着说：“乡亲们，只要有了苏维埃政权，我们的日子会越来越好，到时候大家都不会缺买盐的钱。”

大家听了方志敏的一番话，都理解了他。于是，大家坐了一会儿，聊了聊家常，都心情舒畅地回家了。

中共闽浙赣省委旧址

# 香喷喷的鲫鱼汤

为掩护中央红军长征，红十军团组成了一万余人的红军“北上抗日先遣队”，孤军北上。国民党军调集了二十个师，对仅一万余人的“北上抗日先遣队”围追堵截。由于长时间遭受围困，方志敏一直和战士们吃野菜充饥，身体已经非常虚弱，经常咳血。

一直跟随方志敏的炊事员老吴看在眼里，急在心里。当老吴正为这事苦恼时，路过一条小溪，发现溪里欢快地游着不少小鲫鱼，他不由心里一亮。当天晚上，老吴就带着炊事班的同志打着松明火把，在冰冷刺

闽浙赣省军区司令部旧址

骨的溪水里抓到了几条小鲫鱼，连夜熬了满满一碗鲫鱼汤，端到方志敏跟前。

“主席，趁热把鱼汤喝了吧，补补身体。”

方志敏看着老吴冻红的脸颊和企盼的目光，赶紧接过了冒着热气的汤碗，说：“你们有心了，这么冷的天还去抓鱼给我吃。千万别再去了，人冻坏了怎么办！”

老吴见方志敏主席爽快地接受了这碗鱼汤，带着笑容走了，“这回好了，总算补了补。”

可是他万万没有想到，他刚刚转过树林，方志敏就把警卫员叫了过去，对警卫员说：“快把鱼汤端去给伤病员喝。”

“不，这是老吴特意抓来给主席补身体的，我不去！”警卫员站着不动，但是在方志敏严厉的目光催促下，只得心有不舍地将这碗香喷喷的鲫鱼汤端给了伤病员。

这天，伤病员们喝到了热乎乎香喷喷的鲫鱼汤。

# 返回包围圈救主力

1934年冬,方志敏奉命率部北上抗日,途中与数倍于我军的敌人在山林打游击。1935年1月中旬,"北上抗日先遣队"在闽浙赣苏区外围怀玉山的陇首一带遭到国民党军伏击,部队被冲为两段。

红十军团军政委员会主席方志敏与参谋长粟裕率领的八百人冲在前面,连夜突破了敌人的封锁线,在乐平与常山之间打开了通往根据地的缺口,而军团长刘畴西和十九师师长王如痴率领的大部队则落到了后面。方志敏见军情紧急,一面派人通知刘畴西抓紧跟上,一面命令粟裕带先头部队火速冲出重围,自己则不顾众人劝阻,仅带着十几名警卫人员按原路返回,和大部队会合,接应他们突围。

粟裕清楚,敌军重兵包围,打开的缺口很快会被堵上,再进包围圈凶多吉少。他对方志敏说:"后面危机重重,稍有不测,可能会全军覆灭。你是主要领导你先走,还是让我带人返回去接应大部队吧。"

方志敏不同意,说:"我是军政委员会主席,对全军安全负责,死也要和大多数战士在一起。"就这样,方志敏带人重返包围圈去接应大部队。

很快,敌人堵死了返回苏区的通道,围成了铁桶包围圈。由于敌众我寡,红十军团左突右冲,始终无法冲出重围,只能在怀玉山一带打游击。坚持了月余之后,弹尽粮绝,部队被打散。

方志敏与大部队走散后,和警卫员隐蔽在陇首高竹山的一个石煤洞里。这个警卫员的姐姐家就在附近的陇首村,他本打算偷偷到姐姐家找点吃的,但一露面就被敌人抓住了。在敌人的威逼利诱下，这个警卫员叛变了,他告诉敌人:“方志敏还在山上。”在敌人再次搜山时,方志敏不幸被捕。

方志敏率抗日先遣队出征

被捕当晚,敌人就对方志敏进行了审讯,他们一再逼迫方志敏写点文字,以便他们回去请功领赏。方志敏也不多说,当场挥笔,写下了一篇二百多字的自述,字字铿锵:

方志敏,弋阳人,年三十六岁。知识分子,于一九二五年加入中国共产党。参加第一次大革命。一九二六至一九二七年,曾任江西省农民协会秘书长。大革命失败后,潜回弋阳进行土地革命运动,创造苏区和红军,经过八年的艰苦斗争,革命意志,益加坚定。这次随红十军团去皖南行动,回苏区时被俘。我对于政治上总的意见,也就是共产党所主张的意见。我已认定苏维埃可以救中国,革命必能得最后的胜利,我愿意牺牲一切,贡献于苏维埃和革命。我这几十年所做的革命工作,都是公开的,差不多谁都知道,详述不必要。仅述如上。

一九三五年一月二十九日晚八时

这篇自述成为方志敏的第一篇遗作，于 1985 年被收录在由邓小平题写书名的《方志敏文集》中，作为首篇。

方志敏被捕，令人感到惋惜。作为当时军团的最高领导，他的确可以不亲自去接应大部队。已有部下自告奋勇去接而要他先走，但方志敏没有采纳这个对自己相对安全的意见，而是毅然决定自己重返包围圈，从而走上了一条明知是凶险无比的道路。

这就是方志敏。面对安全与凶险两种结果的选择，他把自己的足迹留在了危险这条路上。这样的选择是一种领导和责任的担当，更是一种品格的担当！

# 国民党军士兵的失望

1935年1月29日,由于叛徒的出卖,陷于重兵包围绝境中饥寒交迫的方志敏,在怀玉山的密林中被两个搜山的国民党士兵发现了。

"把手举起来!"两个士兵举着枪,小心翼翼地靠近了方志敏。

"快看,这个人好像是方志敏,他是大官啊,这回我们发财了!"两个士兵满心希望在方志敏身上发一笔横财,搜出一批大洋,或金镯子金戒指一类的财物。

"怎么没有?"两个士兵从方志敏上身摸到下身,从棉袄领子捏到袜底,搜了半天,除了一块怀表和一支自来水笔之外,没有搜出一个铜板。

"一定是把钱藏在什么地方了,快交出来!"一个士兵左手握着一个手榴弹,右手拉出手榴弹中的引线,双脚拉开一步,做出要抛掷的姿势,用凶恶贪婪的眼光盯住方志敏,威吓地吼道,"赶快将钱拿出来,不然就是一炸弹,把你炸死去!"

"哼!你不要做出那难看的样子来吧!我确实一个铜板都没有存。想从我这里发洋财,你们想错了。"方志敏微笑着淡淡地说。

"你骗谁!像你这样当大官的人会没有钱?"拿着手榴弹的士兵不信。

"决不会没有钱的,一定是藏在哪里,我是老出门的,骗不了我。"另一个士兵一面说,一面弓着背,再次把方志敏的衣角甚至裤裆又仔仔细细地捏了一遍。

“你们要相信我的话，不要瞎忙！我不比你们国民党当官的，个个都有钱，我确实是一个铜板也没有。我们革命不是为着发财！”

两个士兵接着又在方志敏躲藏处的周围，仔细搜寻了一番，依然毫无所获。那个举着手榴弹准备投掷的士兵，也将拉出的引线，塞进手榴弹的木柄里，来抢夺方志敏的表和自来水笔。

“给我！”“给我，我先看到的！”两个士兵拉扯着，方志敏冷冷地看着这丑恶的一幕。

“我们先把表和笔卖了平分。”两个士兵商定好后，他们再次用怀疑而又失望的目光，上上下下地打量着方志敏，命令着：“走吧！”

方志敏纪念馆

## 监狱当战场

方志敏被捕后,被押送到南昌,关进了监狱。

蒋介石得知抓到了方志敏这个共产党的“大官”,想让他归顺国民党,就接二连三派人去劝降。于是,国民党军独立四十三旅旅长刘振清、玉山县县长王振寰、弋阳县县长张抡元、南昌行营军法处副处长钱协民,乃至第五次“围剿”北路军总司令、国民党驻赣绥靖公署主任顾祝同先后到狱中劝降。方志敏则兵来将挡,水来土掩,坦然应对,态度坚定。

一次审讯时,钱协民劝方志敏说:“你们的主义,是不得成功的,就是要成功,恐怕也还得五百年,顶快顶快也得要二百年,何必去为几百年后的事情拼命呢……中国有句古话‘识时务者为俊杰’,随风转舵是做事人必要的本领……”

方志敏回答得干脆利落:“朝三暮四、没有气节的人,我是不能做的!”

绥靖公署主任顾祝同亲自出马劝说:“方先生正值英年,来日方长,请不要持消极态度。委员长的意思,只要你发表一个声明。他还想推荐你为国家做一番事业呢。”

但方志敏软硬不吃,他说:“我是政治家,不是阴谋家。要我加入你们一伙绝对办不到!”

有一名记者到监狱中探访方志敏,后来他写道:“这是一个奇特卓绝的人物。他向我说‘各人都有自己的信念,我很高兴为自己的信念而

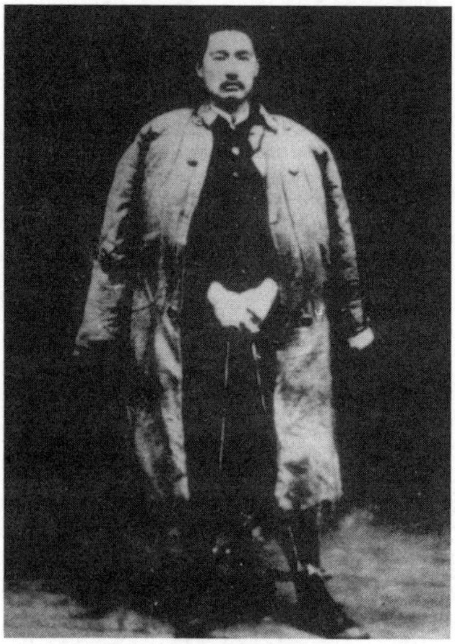

方志敏在狱中

牺牲生命’。”

方志敏知道敌人不会轻易放过他，抱定了牺牲的决心。他以写材料的名义要来笔和纸，秘密写下了给党组织的遗言，记下了他对祖国的热爱和信念。

现在能看到的方志敏文稿有十三篇，就是他在监狱写下的。其中《可爱的中国》和《清贫》，已成为脍炙人口的优秀作品，激励了一代又一代人。

从被捕当天写《自述》开始，到写最后一篇《遗信》，短短五六个月时间，方志敏以监狱为战场，不仅拒绝了敌人的轮番劝降，还秘密地留下了十三四万字的文稿，清晰地记录下方志敏为革命事业奋斗到底的精神。

# 方志敏文稿传送记

在监狱写作文稿的同时，方志敏在思考着如何将自己写的东西送出去。他将目光放在能够接触到的监狱中的人身上。

第一个进入他视野的人叫高家骏,是军法处看守所文书,浙江绍兴人,是个未婚青年。他经常有机会接触方志敏,听方志敏“讲故事”,并慢慢被感化,常为失去自由的方志敏做些递送报纸、买烧饼之类的小事。

第二个进入视野的人叫胡逸民，出现在方志敏文稿中的名字叫胡罟人。此人早年追随孙中山参加过同盟会。后来历任江西高等法院院长、国民党清党委员会主席、中央军人监狱长等要职,曾因国民党内部倾轧而被蒋介石打入监狱。起初他是作为“说客”来接触方志敏的,但后来反被方志敏说服了,转变态度同情革命。

后据多方考证,为方志敏送出文稿的,就是这两个人。

1935 年夏，高家骏的恋人程全昭在杭州收到高家骏让她火速前往南昌晤面的信，程全昭赶到南昌，高家骏告诉她:“我认识了一位好人——共产党的大官方志敏,现被关在狱中,正好由我看守。”高家骏要求程全昭将方志敏的一些密件送到上海。第三天晚上,高家骏拿来一个纸包和三封信郑重地交给程全昭，并说:“方志敏替你起了个化名叫李贞,他自己化名为李祥松,这样,你们便是一家人了。”

但一晃过去 20 多天了,高家骏一直没有收到程全昭的回信。方志敏很着急,便要求高家骏亲自去一趟上海,落实这些文稿和信件的送交情况,并再次用米汤写了几封密信，请他想办法送交宋庆龄、鲁迅和李公朴。

高家骏以料理家事为由向看守所请假，于7月30日取道九江，坐轮船到上海。他很顺利地找到了李公朴，又赶回杭州找到程全昭，知道她已把文稿和信件交给了胡子婴，也就放心了。不过，他从此再也没有回到南昌看守所。

1936年11月间一个傍晚，胡子婴在家里接收了胡逸民送来的文稿。据胡子婴的回忆：几天后，章乃器被法租界巡捕房传去，我突然想起方志敏手稿尚在家中，便立即打电话告孙夫人（宋庆龄），旋又将手稿托章弟章秋阳（中共党员）交孙夫人，孙夫人收到后于深夜两点回了电话。新中国成立后，曾有人问过宋庆龄同志有无此事，宋回答："收到过文稿。后转给冯雪峰。"据档案记载：冯雪峰看后遵潘汉年嘱转给谢澹如保存在上海。1951年上海出版公司出版的《可爱的中国》一书就是这批文稿。

值得庆幸的是，方志敏在狱中生命最后一刻写下的文稿，大部分传递出来了，辗转交到了组织手中，并得以见诸后世，流传开来，引起强烈反响。

《可爱的中国》石雕图

# 一张包盐纸带来新局面

1935 年,因为叛徒投敌致使唯一的电台丢失,黄道领导的闽赣边区游击队与中央失去了联系。

1937 年 1 月,下山的战士带回来一包盐,当他打开盐包时,发现包盐的纸上是密密麻麻的铅字,“黄书记,快看,这上面有字。”

正坐在树下沉思的黄道一把抓过战士手中的纸,小心翼翼地打开。“上海《新闻报》,太好了!”只见头版头条印着《张学良杨虎城在临潼劫持统帅》的醒目标题,并且详细报道了张、杨在西安发动兵谏的情况。黄道如饥似渴地读着报上的每一个字。

战士们非常兴奋,奔走相告,“蒋介石终于被抓住了,革命快胜利了,我们可以下山了!”

为了进一步了解全国形势,黄道派人下山抓了一个大地主,要他为游击队准备好每一期的《民国日报》和《福建民报》。

当黄道在《福建民报》上看到,在国民党召开的三中全会上,宋庆龄、冯玉祥等提出“恢复总理三大政策”的提案,以及中共中央致国民党三中全会的电报的报道时,他敏锐地觉察到国内形势的变化。“同志们,看来形势确实起了大变化,现在国民党的意图很明显,就是‘北和南剿’,集中力量消灭南方游击队,我们要针锋相对,尽可能地保存有生力量,做好迎接革命新高潮的准备。”

在得到西安事变和平解决的确切消息和接到中央秘密文件后,黄道如获至宝，立即组织大家学习、领会中央的政策和战略意图。

为了适应新形势，促进全民抗战新局面的形成，在黄道的领导下，闽赣省委做出了《关于开展抗日反帝斗争的决议》，号召“一切不愿作亡国奴的中国人民，不论职业、团体、宗教信仰、政治派别，一致联合起来，共同进行抗日的民族革命战争”。并且成立了以黄道为主席的闽赣省抗日军政委员会，向江西、福建两省国民党当局发出“快邮代电”，提出“停止内战，一致抗日”的呼吁。

闽赣两省迎来了联合抗战的新局面。而这一切，都是从一张包盐的报纸上得到的信息而做出正确决断开始的。

中共闽赣省委旧址

# 后　　记

经过半年多认真、紧张的编写工作，江西省关心下一代工作委员会编著、江西高校出版社出版的《初心之光——江西红色故事精选》图书正式出版了。

省关工委对图书的编写高度重视，傅克诚主任对本书的策划、书名、体例等进行了具体指导，全书按照习近平总书记对江西革命精神的概括，分为井冈山故事、中央苏区故事、方志敏故事三大板块进行编写。

省关工委组织抽调精干力量组成图书编委会，傅克诚主任担任编委会主任，常务副主任王占铭、汪玉奇担任编委会副主任，办公室主任祝荣溢担任编委会委员。

在图书编委会领导下，成立了图书编写组。编写组组长王占铭，副组长汪玉奇和副组长、省委宣传部原巡视员、省委讲师团原团长李江源全程主持、指导本书的编写工作。编写组成员由省内专家、学者和作家组成。井冈山故事由中国井冈山干部学院特聘研究员丁仁祥，井冈山市文广新局原局长、省作协成员尹小平撰写；中央苏区故事由赣州市中央苏区研究中心主任陈安、赣州市委党史办编研科谢晨撰写；方志敏故事由上饶市地方志编纂委员会办公室主任俞文华、副主任陈俐撰写。

《初心之光——江西红色故事精选》图书的编写，得到中共江西省委党史研究室的大力支持。研究室主任俞银先在派专家指导、审读书稿、提供图片等方面予以帮助。研究室征研一处处长左家法、宣教处处长万强两位专家对图书编写提出具体指导意见,并对书稿进行审读。

江西高校出版社对本书编辑出版高度重视，社长邱少华担任图书编委会委员,主抓这项工作,并多次对图书编辑、出版的质量、进度给以指导。总编辑肖俊南、副社长詹斌多次就图书的出版给予了具体的指导,并帮助解决工作中的困难。出版社社科中心主任邓玉琼带领编辑团队全力投入,积极推进,使这本图书在保证质量的前提下,如期出版。

对以上参与本书组织领导、编写撰稿、指导帮助、编辑出版的同志,致以诚挚的谢意!

《初心之光——江西红色故事精选》一书以图文并茂、生动活泼的故事形式,讲述党史和红色文化,期望本书能带给广大青少年红色文化滋养。由于编写水平、历史资料和图书篇幅有限,本书难免存在不足之处,欢迎各位读者指正。

编者

2018 年 11 月